COLLECTION FOLIO

Astrid Éliard

La dernière fois que j'ai vu Adèle

Mercure de France

Astrid Éliard est née en 1981. Après avoir été journaliste, elle est aujourd'hui enseignante. Elle a reçu le prix de la SGDL pour *Nuits de noces*, et le prix Marcel Pagnol pour *Danser*.

À mes filles

« J'aime la peur, la vénère. Je dirais presque : "Quand je suis avec elle, je n'ai plus peur !" »

OSSIP MANDELSTAM

Certaines journées sont propices au crime, question de météo. On dit que la pluie éloigne les cambrioleurs mais accompagne souvent les assassins. Le jour de la disparition d'Adèle, le soleil tapait si fort sur les graviers blancs du jardin des Tuileries que personne n'osait en remuer la poussière. Les gens fuyaient les terrasses des cafés et se terraient dans les supermarchés, les cinémas, peu importe pourvu que la clim ne soit pas hors service. Quelques jours plus tard, un gros orage éclata, et quelques jours après cela – de grandes flaques argentées s'étaient formées entre les parterres du jardin des Tuileries – l'équipe de France de foot gagnait contre l'Albanie. Dans les bars, les squares, mais aussi les fontaines – des garçons et des filles s'y baignaient tout habillés – des jeunes gens fêtaient la victoire.

La photo d'une adolescente circulait alors sur les vitrines des boulangeries et les réverbères. « Disparition inquiétante de mineure. Adèle, 1,73 m. Yeux marron. Cheveux blond foncé.

Grain de beauté sur la joue droite. A été aperçue pour la dernière fois boulevard Jean-Jaurès, à Clichy. Elle portait un T-shirt noir, un pantalon noir et des baskets noires. »

La fille ne regardait pas l'objectif, d'ailleurs elle ne regardait rien, à part peut-être une pensée, un regret, un projet ? à l'intérieur d'elle-même. Elle ne souriait pas. Elle était tout simplement absente. En quelques jours, des milliers de personnes – lentes ou rapides, pressées par une urgence, un bus à attraper, ou bien l'âme flâneuse, flirteuse, certaines traînant une valise, d'autres un caddie ou un enfant en guettant le feu pour traverser la rue – bref, une foule innombrable de gens croisa ce visage. Et tous se dirent qu'elle avait l'air de poser pour son propre avis de recherche.

Les opales se balancent d'avant en arrière. Elles sont suspendues à une chaînette d'or où sont encordés trois minuscules diamants qui lancent des éclats lumineux dans la vitrine. Marion passe devant cette boutique tous les jours sans jamais y prêter un regard. Peut-être est-ce le hasard ou la canicule qui a ralenti son pas, mais la voilà qui s'arrête, et qui ne s'arrête pas seulement, car, le front collé à la vitre, elle est déjà en train de se demander combien des boucles d'oreilles pareilles peuvent coûter et si elle en a, non pas les moyens – elle sait qu'elle ne les a pas – mais le début de la possibilité de les acquérir. Les pendants en forme de losange lui rappellent ceux qu'elle portait le jour où Antoine ne l'a pas embrassée. Il avait approché ses doigts de sa nuque pour capturer une breloque (avec laquelle il avait pris quelques-uns de ses cheveux), et alors qu'il l'examinait, il avait demandé :

— C'est de la nacre ?

Ils n'avaient jamais été si près l'un de l'autre, elle n'avait encore jamais senti le souffle de sa voix sur sa peau et il aurait suffi de trois fois rien pour qu'ils se rapprochent un peu plus. Mais elle avait ri et son rire avait brisé ce petit pont fragile entre elle et lui. La boucle d'oreille, les cheveux avaient repris leur liberté.

— C'est du plastique, avait-elle répondu, riant toujours mais regrettant déjà la retraite des doigts d'Antoine qui battaient un rythme sur l'accoudoir du fauteuil. Son souffle, lui, se perdait dans l'atmosphère.

Ils s'étaient embrassés deux jours plus tard, alors qu'elle portait des anneaux en vrai or à ses oreilles. C'était il y a vingt ans. Et aujourd'hui ? Elle en est à se demander si un homme posera un jour sa main sur sa peau nue, si, à quarante-cinq ans, elle n'est pas fichue sexuellement. Le passage d'un métro fait trembler le sol sous ses pieds et les boucles d'oreilles dans la vitrine. Les éclats lumineux volettent comme des petits papillons.

« Je les veux », se dit Marion en grattant sa nuque moite.

Ça peut sembler bizarre de la part d'une femme qui n'est pas allée chez le coiffeur depuis six mois, qui ne s'habille plus, comme avant, en essayant d'assortir les couleurs et les matières, mais en prenant ce qui vient, le T-shirt au-dessus de la pile. Une femme qui a perdu toute curiosité en l'avenir, et se moque de demain, d'après-demain, parce que sa vie est *derrière* elle. Elle a aimé, c'était bien, c'était même merveilleux, mais c'est fini. Il reste les enfants, d'accord. Il lui semble entendre leurs soupirs quand elle rentre à la maison et que sa voix tâtonne dans le vide : « Salut… c'est moi ? » Depuis quelque temps, Marion noircit une case du calendrier de son agenda pour chaque jour où sa fille ne lui a pas parlé. Ça commence à ressembler à un grand écran noir, un rideau qui retombe, s'écrase sur elle. Alors… Alors Marion étire le cou pour essayer de déchiffrer le prix sur l'étiquette. La toile de son jean, chauffée à blanc par le soleil, lui brûle les mollets. Elle regarde les autres bijoux dans la vitrine, une broche, un bracelet, deux bagues qui cachent eux aussi leur prix. Ils lui semblent… abordables. Qu'est-ce que ça lui coûte d'entrer dans la boutique ?

Une vendeuse excessivement embijoutée et que la climatisation a gardée pâle et fraîche, fond sur elle.

— Je peux vous aider ?

— Euh… merci, je regarde seulement.

La vendeuse retourne à son comptoir en remuant son poignet où s'entrechoquent des bracelets.

— En fait si… Je voulais savoir, ces boucles d'oreilles, là…

— Elles sont ravissantes. Vous voulez les passer ?

Marion n'a pas répondu qu'elle lui tend déjà les deux petits pendants, vise d'un œil expert les lobes de sa cliente et approche de son visage un miroir.

— Elles sont à combien ? demande Marion.

— Je vais vous dire ça..., répond calmement la vendeuse, comme si ce n'était vraiment pas la question. Elle chausse ses lunettes pendues à un sautoir, examine la minuscule étiquette. 750 euros.

— Ah oui, quand même... L'envie de les essayer lui passe soudain, c'est trop cher, inenvisageable, une folie. Mais la vendeuse écarte délicatement une mèche de ses cheveux pour libérer le lobe, et Marion se laisse faire, presque hypnotisée par le cliquetis des bracelets qui ralentit doucement.

— Je me permets... dit-elle. Vous voyez le fermoir ? ça marche avec une petite vis ; vous êtes sûre de ne pas les perdre. Vous en portez souvent ?

— Pardon ?

— Des boucles d'oreilles, vous en portez souvent ?

Marion observe son reflet. Les opales brillent dans le désordre de ses cheveux.

— Elles sont faites pour vous.

La fraîcheur de la boutique se résorbe dès que la porte se referme derrière elle. Son téléphone se met alors à sonner. NE JAMAIS RÉPONDRE s'affiche sur l'écran – sa banque. Marion obéit à l'injonction, attend le message. Il dure en général vingt secondes, et excepté quelques variantes, il se déroule comme suit : « Madame Percival, ici Nadia Hari du LCL Gambetta. On a un petit souci avec votre compte. Est-ce que vous pouvez me rappeler pour qu'on en discute ? Je suis à votre disposition. » Elle l'écoutera plus tard, ou ne l'écoutera pas, cependant elle se retourne sur la boutique. Est-ce qu'*ils* savent déjà pour les 725 euros ? (La vendeuse a concédé une réduction.) Est-ce seulement possible ? Non, se dit Marion, en remuant la tête pour sentir ses boucles d'oreilles s'agiter, le monde n'est pas pourri à ce point.

Tous les jours, Marion fréquente la migraine, l'insomnie, les lumbagos, la Dépression – chez les autres, dans son cabinet. Elle répète souvent à ses patients que vouloir le bonheur, c'est *déjà* un peu le bonheur ; elle le leur promet avec une conviction un peu molle. Mais là, cette phrase lui apparaît soudain comme un projet valable. Les boucles d'oreilles ne balayeront pas les vicissitudes de sa vie, ni ne rappelleront l'amour d'Antoine, l'affection de ses enfants, non, certainement pas, mais elles marquent le début de quelque chose, le jour où Marion a voulu reprendre sa vie en main.

Une semelle poussiéreuse a écrasé le courrier, principalement une lettre des impôts qui attend sur le paillasson. Marion la ramasse, la fourre dans son sac à main sans même l'ouvrir et rentre chez elle. Elle n'est pas surprise par l'odeur – un mélange de transpiration, de nourriture grasse (McDo ? Kebab ?) et de linge sale –, simplement déçue. « Salut ! C'est moi… Timothée ? Ouvre les fenêtres, bon sang, on va mourir, là ! » crie-t-elle en ouvrant elle-même la fenêtre du salon. Il n'y a pas un souffle d'air dehors. Dans la rue en bas, les poubelles débordent. Un cornet de glace écrasé fait une tache d'un rose écœurant sur la chaussée. Marion referme les battants et profite de la retraite de son fils dans l'écran de son téléphone portable pour l'observer. Il est allongé sur le canapé. Ses pieds dans ses chaussettes trouées écrasent la ravissante courtepointe qu'elle et Antoine ont rapportée, il y a une éternité, d'un voyage en Inde. Il lève enfin le nez vers elle, le salut minimum alors que ses yeux sont cachés par une longue mèche brune et ses oreilles bouchées par un casque audio.

— Ta sœur est là ?

— Hein ? demande-t-il en dégageant une oreille.

— Ta sœur, elle est là ?

— J'crois, ouais.

Quelqu'un qui la connaît bien, son fils par exemple s'il la regardait, noterait le changement imperceptible qui vient de se produire en elle, ses paupières agitées, presque tremblantes, ses épaules tendues, crispées. Elle-même n'y prête pas attention, car cela reviendrait à avouer sa peur et elle préfère se dire que tout ira bien, qu'elle n'est pas la première mère à qui ça arrive et que les ados sont comme ça, durs, tellement durs ! Et cruels aussi. Elle monte le volume sonore de la voix qui résonne dans sa tête – à fond, pour étouffer cette pensée désagréable qui stagne en elle : Marion n'aime pas quand sa fille est là.

Elle s'arrête une seconde devant la porte de sa chambre, d'où s'échappe de la musique, un son de guitare. Son cœur s'agite à l'idée que cette porte finira par s'ouvrir et qu'il faudra faire avec ce qui en sortira. Elle essaie de l'oublier en s'attelant à la routine des fins d'après-midi. Ouvrir le réfrigérateur, faire le tri des légumes – Marion retire du bac une courgette à moitié pourrie. Un duvet gris s'est formé à la surface. Ranger les restes du petit déjeuner du matin, le sac de pain de mie éventré, vider le beurre liquide et trouble qui a fondu dans le beurrier. Laver la théière. Passer l'éponge. Puis elle monte sur un tabouret pour saisir un paquet cabossé de Marlboro. Il ne reste que quatre cigarettes. Quand elle les aura fumées, il faudra qu'elle jette le paquet, elle se l'est promis. Elle hésite avant d'en prendre une, qu'elle fiche délicatement entre ses lèvres. Marion n'aime pas vraiment ça… mais elles étaient à Antoine. Frénétiquement, elle ouvre tous les tiroirs de la cuisine à la recherche d'un briquet. Elle tombe sur un décapsuleur qui le lui fait soudainement oublier et lui donne envie d'une bière. Elle s'en sert une, cigarette à la bouche, puis va s'asseoir sur le canapé, obligeant Timothée à replier ses jambes. Elle lui fait signe de retirer ses écouteurs et répète plusieurs fois, jusqu'à ce qu'il entende :

— Tomates-mozza, ça te va ?

— Y a plus de hachis Parmentier ?

— T'as envie de manger du hachis Parmentier ?

— Ben ouais, pourquoi ?

Les yeux de Marion remontent des chaussettes trouées jusqu'à la chemise canadienne à carreaux.

— Il fait trop chaud pour allumer le four.

— Pourquoi tu me demandes mon avis, alors ?

— Ça… ça te dérange pas de vivre comme ça ? demande-t-elle en désignant son gros orteil sale et nu, comme s'il venait de pousser hors de la chaussette.

— Faut allumer ta clope si tu veux la fumer.

Il est 20 heures. La cigarette intacte rejoint les trois autres dans le paquet, donnant à Marion un sentiment de liberté tel qu'elle appuie vigoureusement sur la pédale de la poubelle. Je pourrais le jeter, se dit-elle en suspendant le paquet au-dessus d'un monticule de pots de yaourts et de feuilles de thé. Je suis suffisamment forte pour ça. Ça serait même rien du tout de le faire, et je le ferai… mais pas aujourd'hui, se ravise-t-elle. Le couvercle retombe bruyamment sur la poubelle et le paquet retrouve sa place, sur la dernière étagère du plus haut placard de la cuisine.

Dans la chambre d'Adèle, la musique laisse un blanc, et tout s'arrête. Le reflet des opales se fige dans le miroir du salon ; Timothée, qui met la table laborieusement, assiette par assiette, relève la tête. Lui qui ne capte que ce qu'on lui crie au travers de ses écouteurs a entendu la pause des guitares. La musique reprend et Marion fait un pas vers la chambre, en pesant sur ses orteils pour faire grincer les lattes du parquet. Elle a pris cette habitude quand sa fille a commencé à lui reprocher de l'espionner, d'écouter aux portes, de tout faire « sur la pointe des pieds ». Elles se parlaient encore, alors, et il y avait entre elles deux autre chose que les cases noires d'un calendrier.

Les doigts de Marion se rassemblent en un poing faible qui effleure la porte, une fois, deux fois. Puis il se raffermit et cogne plus vivement. Elle n'attend pas forcément de réponse, mais au moins un mouvement, le couinement de la chaise de bureau. Rien. Elle frappe à nouveau et tourne la poignée. La chambre est vide. Le lit a été fait. Les rideaux sont fermés et on dirait que la nuit est tombée avant l'heure. Il n'y a pas un vêtement, une feuille volante, une chaussette qui traîne, si ce n'est le corset, comme une empreinte du corps bancal d'Adèle, qui est posé par terre contre le lit, en équilibre.

Les murs blancs portent les traces d'anciens posters de chanteuses et d'actrices qui ornaient la pièce il n'y a pas si longtemps. Une nuée d'étoiles phosphorescentes brillent dans un angle du plafond, souvenir d'une époque où la chambre d'Adèle était pleine de jouets. Et au milieu de tout ce vide, des sinusoïdes rose, bleues, turquoise, vertes, s'entrelacent à l'infini sur l'écran noir de l'ordinateur. C'est le seul élément vivant de la pièce, ça, et la musique. Marion reconnaît le morceau, maintenant, qui tourne en boucle depuis des heures, c'est *Hallelujah* de Jeff Buckley.

Elle libère presque en crachant l'oxygène qu'elle retenait en apnée depuis quelques secondes. Quoi qu'il arrive, elle se les prendra en pleine face, les yeux noirs et fuyants de sa fille, mais pas maintenant, alors elle respire, R E S P I R E l'air de cette chambre écrasée par la canicule comme si sa fenêtre donnait sur l'océan.

— Elle t'a dit quelque chose en partant ?

Marion n'a pas honte d'être soulagée, peut-être un peu de feindre l'inquiétude, pour son fils, pour son image dans le miroir au-dessus de la cheminée. Pour être tout à fait franche, elle n'a qu'une idée en tête, là, tout de suite : se resservir une bière et se mettre à table.

Timothée secoue la tête, étonné de rien, ni de la chanson qui tourne à vide ni de l'absurdité de la question : à qui Adèle dit-elle *quelque chose* ?

« Tu crois qu'on l'attend pour dîner ? » demande alors Marion, qui pense à tous ces plats qu'Adèle a laissé refroidir dernièrement, et dont elle reversait le contenu dans une boîte en plastique, espérant qu'elle en mangerait peut-être le lendemain. Lasagnes, gratins, ratatouilles, spaghettis, surgelés pour la plupart et pas toujours très mangeables, il faut le reconnaître – les spaghettis bolognaise, surtout, avaient l'air d'une infâme pâtée pour chien –, mais le problème n'est pas là.

— Ah non, on l'attend pas. J'ai les crocs, moi, répond Timothée.

La table est mise, à peu près. Les couteaux à gauche, les fourchettes à droite. Il manque un verre sur trois. Les tomates à la mozzarella font se lever Timothée d'un bond. Marion entend les portes de placard s'ouvrir et se fermer dans la cuisine.

— Y a plus de pain ? réclame Timothée, la bouche pleine de quelque chose.

— Du pain de mie. À côté du grille-pain.

Il n'est pas encore revenu à table avec son sandwich qu'il en a déjà dévoré la moitié, salement, de la mayonnaise coulant sur ses doigts. Il le termine en trois bouchées, tête baissée sur son portable, où il fait défiler une multitude insignifiante et bariolée – des visages, des objets, des paysages.

La nuit est tombée et Marion va à la fenêtre pour voir si l'atmosphère se rafraîchit un peu. Elle passe un bras dehors, dans l'air moite, et une tête dans la rue. Des voitures ont roulé sur le cornet de glace, répandant et salissant la tache, qui est devenue grise. Sur le trottoir, des jeunes femmes, trois ou quatre ans de plus qu'Adèle, parlent très fort dans un téléphone dont elles se disputent le micro. « Il va te niquer ta réputation », dit l'une. « Il va te niquer tout court ! » ajoute l'autre. Leurs rires aspirent les gens hors de leur salon ; ils ouvrent les fenêtres, se penchent à leur balcon pour les regarder. De là-haut, on ne voit que leurs bijoux – ceinture dorée, créoles démesurées, colliers superposés – et les talons de leurs escarpins, qui luisent dans la nuit. Leurs voix s'éloignent et Marion ressent une pointe d'inquiétude pour elles, si éhontément, si dangereusement gaies, et pour la soirée qu'elles vont passer.

Presque machinalement, elle se met à guetter Adèle. Elle essaie de se rappeler comment elle était habillée ce matin, si elle s'était fait cette affreuse natte qui descend maigrement jusqu'au milieu de son dos. Et tandis qu'elle cherche dans le paysage une silhouette qui pourrait être la sienne, elle se demande si sa fille l'appellerait si elle avait besoin d'aide. Si elle faisait une mauvaise rencontre ou se retrouvait, sans argent et bourrée, à l'autre bout de Paris ; si un chien enragé lui déchiquetait le mollet ou qu'elle se faisait renverser par un bus, est-ce qu'elle aurait le réflexe d'appeler sa mère ?

La rue est vide, Marion referme la fenêtre, préférant croire qu'il fait plus frais dedans. Elle jette un œil à sa montre, à la trotteuse, imperturbable depuis qu'elle a remplacé les piles, et finit par demander à Timothée :

— Tu veux pas l'appeler ?

Elle s'apprête à répéter, d'une voix plus claire, plus franche, sa question, quand elle comprend que son fils est en train de s'exécuter, la tête toujours baissée sur son portable, le visage dissimulé par ses mèches brunes.

— Répondeur, dit-il, sans lever les yeux ni interrompre son activité sur l'écran de son téléphone.

Antoine. Il faut qu'elle appelle Antoine. Le numéro est toujours dans ses favoris et elle se dit souvent que s'il lui arrivait quelque chose, accident, malaise, crise d'amnésie, c'est Antoine qu'on appellerait le premier. « Allô ? Vous connaissez Marion Percival ? » Et lui, pour se défendre d'être la bonne personne, répondrait d'une voix que Marion, peut-être parce qu'elle aime remuer le couteau dans la plaie, imagine blanche, d'un blanc tirant sur le gris : « C'était ma femme. »

Au début de leur séparation, Marion l'appelait

souvent pour des bricoles. Est-ce qu'il voulait récupérer son quarante-cinq tours d'Arlo Guthrie ? et son vieil album de *Tintin au Tibet* ? est-ce qu'elle pouvait donner ce vase chinois dont les têtes de dragon avaient longtemps effrayé les enfants, cet horrible vase que sa mère leur avait offert, il y a plus de dix ans ? Et puis, Marion s'était rendu compte qu'elle craignait chaque fois un peu plus de le déranger, alors elle s'excusait de l'appeler « si tôt », « si tard », « au milieu de l'après-midi », « un jour de semaine » ou « le week-end ». Mais ce n'était pas le pire. Le pire, c'est quand elle s'est aperçue qu'elle ne pouvait plus lui dire : « Allô Antoine ? C'est moi », car ils n'étaient plus *toi et moi,* comme les deux diamants de sa bague de fiançailles – qu'elle a gardée et qu'elle porte toujours – elle était elle et il était lui, et il fallait qu'elle arrête de l'appeler pour un oui ou pour un non. En fait, il ne restait que deux motifs valables : 1) les urgences – accident, incendie, ouragan, guerre. 2) Les enfants.

Timothée a débarrassé la table et est retourné dans sa chambre. Marion sent l'odeur de cigarette filtrer à travers la cloison. Elle se demande s'il sait qu'elle *sait.* Il est tellement scrupuleux avec ses cendriers, ses paquets de clopes vides qu'il ne jette jamais dans les poubelles de la maison et négligeant avec tout le reste – caleçons sales, mauvaises copies, taches de sperme sur la moquette – qu'il doit bien y avoir une raison.

Le téléphone d'Antoine sonne dans le vide. Marion rappelle trente secondes plus tard, comme si trente secondes pouvaient changer quelque chose. Elle tente alors le numéro d'Adèle. Et elle se sent si atrocement seule en pensant que personne, personne ne peut imaginer le courage qu'il lui faut pour composer le numéro, coller le combiné à son oreille, attendre la connexion, et se préparer à parler, car, qui sait, Adèle répondra peut-être. Marion se demande si elle doit lui dire qu'elle l'attend, qu'elle s'inquiète – est-ce que ça passerait mieux si elle disait que *Timothée* s'inquiète ? – qu'il n'y a rien dans le frigo, mais qu'elle se débrouillera pour la faire dîner si elle a faim, qu'elle voudrait juste savoir si tout va bien, si… La voix d'Adèle fait brutalement taire ce bourdonnement. C'est une voix que Marion ne lui connaît plus, gaie, et même hilare, au bord de l'éclat de rire. On entend Rihanna en fond sonore et le commentaire d'une amie d'Adèle – Marion serait incapable de dire laquelle : « Tu parles ! Tu rappelles jamais ! Elle rappelle *jamais,* sachez-le. » Le bip succède à leurs rires. Puis le silence. Marion ne laisse pas de message.

« Pourquoi tu te couches pas ? » Timothée sort de sa chambre en caleçon, torse nu, son casque audio autour du cou.

— Va te coucher… Elle finira bien par rentrer.

— Mm, répond-elle, les lèvres serrées et pourtant incapables de barrer ce flot d'inquiétude qui monte en elle.

Marion essaie – une dernière fois – le portable d'Antoine, celui d'Adèle. Minuit dix. Il y a encore des bus, des métros qui circulent, des gens plein les rues, se rassure-t-elle. Le McDo de la place de

Clichy, le Monoprix du carrefour de Châteaudun viennent tout juste de fermer. Minuit dix, c'est presque une heure diurne, à Paris. Oui, c'est ça, presque une heure diurne.

Marion couche ses boucles d'oreilles sur le velours bleu marine de leur écrin. L'une d'elles a laissé une goutte de sang sur son lobe, qu'elle essuie avec du désinfectant. Elle se fait couler un bain froid, se jette dedans en grelottant, puis se glisse nue et trempée dans son lit. Elle pose son téléphone sur sa table de nuit, éteint sa lampe de chevet, ferme les yeux et sourit de voir apparaître, là, sous ses paupières, l'image de son père dans le nuage de fumée de sa pipe et le halo minuscule de sa petite lampe en laiton. Plongé dans un gros livre, il feint de travailler, concentré, sérieux, alors que ses yeux distraits disent tout le contraire. « Ah, c'est toi ? » dit-il à Marion, dix-neuf ou vingt ans, pliée en deux pour défaire la bride de ses chaussures à talon. « Tu as passé une bonne soirée ? » reprend-il, comme s'il n'avait pas fumé un paquet entier de cigarettes avant d'allumer sa pipe, comme si leur rencontre nocturne était totalement fortuite. « Oui », murmure-t-elle. Sur la pointe des pieds, ses chaussures à la main, elle entre dans le nuage de fumée. Elle se penche au-dessus du crâne dégarni, toque trois petits coups pour le gronder d'avoir veillé si tard et s'enfuit dans sa chambre. « Bonne nuit. »

Marion n'arrive pas à dormir, même avec le souvenir de la petite lampe en laiton comme veilleuse. Elle essaie le truc de la rivière qui coule au milieu d'une clairière ensoleillée, du hamac qui se balance au rythme de sa respiration. Le sommeil ne vient pas, elle attend. Un bruit, des pas, la porte qui se referme doucement, la sonnerie de son téléphone. Il vibre enfin, à 2 h 10. Un SMS : « Gagnez 1 500 € en tapant CHANCE au 72 24 ». Elle enfile un long T-shirt, une culotte, et va voir. C'est absurde d'espérer, mais elle ne peut pas s'en empêcher. Les choses rentrent parfois dans l'ordre, parfois même inexplicablement, sans qu'on ait besoin de se battre pour elles, pense Marion. Mais rien n'a bougé dans la chambre d'Adèle. Il y a toujours le même pli sur la couette. L'écran de l'ordinateur est noir, la musique est arrêtée depuis longtemps, et les étoiles phosphorescentes brillent plus fort dans la nuit, mais c'est tout. Adèle n'est pas rentrée.

« Allô ? Marion ? Ch-t'entends pas bien… Attends une seconde, je sors. »

Assise sur le lit d'Adèle, dans le noir, Marion écoute les bruits dans le téléphone : les pulsations d'une musique dont elle ne perçoit que les basses, des voix changées par l'alcool, un rire, tenace, de femme qu'elle imagine très grande, avec de grandes dents, et enfin le silence d'une rue peu passante, un jeudi à 2 h 35 du matin.

— Allô ?

— Adèle est pas avec toi ?

— Adèle ? Pourquoi elle serait avec moi ?

— Elle t'a rien dit, rien…

— Qu'est-ce qu'il y a, Marion ?

Elle regarde autour d'elle, la chambre bien rangée, la nuit orangée sous l'éclairage public.

— Elle n'est pas rentrée. J'arrive pas à la joindre…

— Tu veux que je vienne ?

Elle voudrait lui demander où il est, ce qu'il fait dans une boîte de nuit un soir de semaine, si la fille au rire insupportable est avec lui, mais elle dit tout simplement : « Oui », comme si elle soufflait sur une flamme minuscule.

Elle décide alors d'allumer toutes les lumières, une à une, en se laissant guider par ses doigts qui tâtonnent sur les murs à la recherche des interrupteurs. Tandis que la nuit se retire peu à peu de son appartement, Marion décide qu'elle ne dormira pas, et c'est comme s'il venait de s'ouvrir en elle une incroyable réserve d'énergie, malgré la chaleur assommante et l'heure tardive. Elle range les papiers sur le bureau, tapote les coussins du canapé, gratte une tache sur le parquet. Dans le miroir du salon, on dirait que son reflet attend sournoisement qu'il la remarque. Ça y est, elle s'est vue : sa culotte élimée, un bleu qui rosit sur sa cuisse, son vieux T-shirt éclaboussé d'eau de javel. Elle laisse tout en plan pour plonger dans son bain, passer une brosse dans ses cheveux et ressortir les boucles d'oreilles de leur écrin.

Il est 3 h 20 quand Antoine arrive, sa chemise blanche trempée de sueur, sa veste sur le bras. Marion se penche vers lui pour l'embrasser sur les joues ; il sent la cigarette et l'alcool. « On a fêté un gros contrat », dit-il, comme pour s'excuser. Elle se demande s'il va remarquer les opales, si son regard agrippera les chaînettes d'or… Non. Le changement est invisible pour des yeux étrangers. C'est qu'elle ne doit pas être si étrangère, se dit-elle, car elle a repéré deux ou trois cheveux qui ont blanchi depuis la dernière fois et une cordelette en cuir à son poignet – beaucoup trop inédite pour qu'elle ne soit pas le cadeau d'une femme.

Dans l'entrée si petite, les murs qui les cernent les réduisent à une proximité dont ils ont perdu l'habitude. C'est gênant, inconfortable.

— Viens, installe-toi, lui dit finalement Marion en lui montrant le canapé du salon.

Elle remplit une carafe de glaçons qu'elle arrose de l'eau tiède du robinet et la pose sur la table basse. Antoine ne parle pas. C'est comme s'il avait tout son temps, comme si la fatigue n'était rien ; il attend, et sa patience attendrit Marion, qui se demande soudain si cette faiblesse est de l'amour, auquel cas… elle est vraiment dans la merde. Elle secoue la tête pour évacuer cette pensée, comme s'il ne s'agissait que d'un moucheron éphémère, mais le trouble qu'elle a causé demeure, quelque part derrière ses yeux, une sorte de départ de migraine. Elle montre à Antoine la chambre d'Adèle. On dirait qu'elle a été vidée.

— Elle a laissé son corset… Elle est peut-être partie faire la fête, avec des amis ? Elle aura oublié de te le dire.

— Elle a cours demain.

— Ça serait pas si extraordinaire, à seize ans…

Le moment serait venu qu'ils *parlent d'Adèle*, mais Marion n'ose pas, peut-être par culpabilité – qu'a-t-elle fait pour que sa fille ne lui adresse plus la parole ? –, peut-être aussi pour ce que cela a de rassurant, de reposant, d'écouter Antoine, tout en regardant les glaçons fondre dans son verre. Elle a longtemps admiré son optimisme pragmatique, cette façon de ne pas céder à l'inquiétude, pas avant d'avoir épuisé toutes les hypothèses :

— Tu l'as jamais fait ? Passer la nuit dehors, sans prévenir tes parents ? Évidemment que tu l'as fait, et c'était pas la fin du monde... Si ça se trouve elle est juste amoureuse.

— Ça peut être très grave d'être amoureux, tu sais.

Antoine se lève soudain, les yeux rivés sur sa montre. Il n'est pas venu pour discuter du tragique de l'amour avec son ex-femme et le voilà impatient, se dit Marion, presque désagréable. Elle regarde le creux qu'ont laissé ses fesses sur le canapé et elle a honte, parce qu'il y a peut-être deux ou trois minutes elle a espéré qu'il serait trop tard pour qu'il rentre chez lui. C'est vrai, il aurait pu dormir là, en tout bien tout honneur, sur la courtepointe indienne.

— Tu voudrais pas que je la prenne un peu avec moi ? glisse alors Antoine, tandis qu'il récupère sa veste.

— Hein ?

— T'es tellement tendue avec Adèle ; ça vous ferait du bien de prendre un peu de large...

— Comment ça, je suis tendue ?

— Ça a toujours été un peu... *compliqué* avec elle, non ? bafouille-t-il. Son visage se met brutalement à marquer la fatigue, et Antoine à ressembler à ce qu'il est : un homme de presque cinquante ans qui a trop chaud, trop bu, trop veillé. Il n'a pas le courage de s'engueuler avec elle, il est si tard – quelle heure déjà ? – Putain, 4 h 40… faut vraiment que je rentre dormir un peu.

Marion aurait mille choses importantes à lui dire sur Adèle, le calendrier noir, les repas déclinés, mais elle n'y arrive pas ; c'est incroyable le courage qu'il faut pour dire les choses qui ont besoin d'être dites, alors on passe son temps à tout embrouiller…

— Ça fait quatre mois que tu vis plus à la maison, comment tu pourrais savoir si je suis *tendue* avec Adèle ?

— Le prends pas comme ça. C'était juste une idée, pour t'aider, te… humm… te soulager.

Antoine passe une main sur ses yeux que cette nuit interminable a étrécis, sur son front ; elles remontent ensuite sur ses cheveux gras qui sentent le tabac froid.

— Tu m'appelles quand elle rentre et on voit pour la suite ? lâche-t-il.

— Oui, répond-elle en lui ouvrant grand la porte.

Dehors, le ciel blanchit, les ampoules des lampadaires pâlissent. Ce n'est plus vraiment la nuit, pas encore le jour. Une heure sauvage et clandestine. Dans l'immeuble en face, trois fenêtres sont allumées, et Marion se demande si elles le sont par un devoir d'emploi du temps, ou par un fait extraordinaire, un heureux événement, un drame… Elle appelle à nouveau le portable d'Adèle et se rend compte que la peur d'avoir à lui parler a cédé à une autre, qu'elle n'arrive pas à nommer, mais dont elle a la sensation physique, là, sous la poitrine, un nœud qui comprime son cœur. Elle s'allonge sur le canapé, pour que ça passe, ferme les yeux. Comme elle aimerait se reposer un peu.

Derrière la cloison, Timothée tire sur son drap, et pousse un profond soupir. Ça fait une éternité qu'elle n'a pas écouté le sommeil de ses enfants, pense Marion. Et elle se revoit, une nuit comme celle-là, une nuit où elle n'avait pas réussi à dormir, assise en tailleur sur son lit, à regarder le bouton minuscule du nez d'Adèle pointer dans l'obscurité. Elle l'écoutait respirer, inlassablement.

JOHANNA. Le prénom apparaît en lettres capitales dans les contacts de son téléphone. Il serait probablement tombé dans l'oubli, faute d'indice supplémentaire – patronyme, adresse mail – si *tout ça* n'était pas arrivé. Johanna… Une jeune fille pas très grande, blonde aux yeux bleus, peut-être verts, Marion ne se souvient plus trop. Elle se rappelle surtout la voix de sa mère, tranchante et aiguë dans le téléphone : « Madame Percival ? Nos filles ont fait une énooorme bêtise. Est-ce qu'on pourrait en parler ? »

Adèle voit Johanna de temps en temps. Quand est-ce que c'était la dernière fois qu'elle est allée dormir chez elle ?… Antoine vivait encore à la maison ; il neigeait, Adèle était sortie tête nue, vêtue du vieil imperméable noir de son père. « Tu n'as pas peur d'avoir froid ? » s'était inquiétée Marion. Elle avait seulement haussé les épaules avant de disparaître dans l'obscurité de la cage d'escalier.

7 h 15 n'est pas une heure pour appeler quelqu'un dont on ne se rappelle même pas la

couleur des yeux. D'ailleurs, Marion a une chance sur mille qu'elle décroche, mais est-ce qu'elle a le choix ? Elle est au pied du mur, un mur vertigineusement haut, et lisse comme une lame de rasoir.

Johanna répond dès la première sonnerie. Sa voix est rauque, endormie, et Marion imagine le geste précipité et maladroit qu'elle a dû avoir pour répondre si vite, rudoyant son être assoupi :

— Johanna ? Ici Marion Percival, la maman d'Adèle.

— Comment ?

— Je suis désolée, je… je te réveille sans doute ? Je suis la mère d'Adèle Percival.

Marion lui parle d'une voix douce et lente, parfait négatif de son cœur fébrile. C'est la voix qu'elle prend avec ses patients les plus déprimés, « les deux de tension » comme elle les appelle, qui traînent péniblement le boulet de la mélancolie.

— Adèle ? Mais je la vois plus, Adèle. On a déménagé ; j'habite à Lille, maintenant.

Un camion-poubelle stationne bruyamment dans la rue. Un incident a dû enrayer la routine des éboueurs car ils se mettent à crier, à s'interpeller. Un automobiliste s'impatiente, klaxonne. Ça crie de plus belle. Le tapage s'infiltre dans l'appartement de Marion à travers les vitres fermées, puis dans ses oreilles, sous son crâne. Le bruit l'agresse, la presse, l'urgence de trouver une solution rationnelle et rassurante au problème que vient de poser Johanna lui fait perdre le sens des civilités. Elle crie presque dans le combiné :

— Quand as-tu déménagé ?

— Ça fait presque un an.

— Attends... je... je comprends pas. Adèle m'a dit qu'elle avait dormi chez toi, il y a quelques mois, cet hiver...

— Ben elle vous a menti.

Marion est désemparée par l'aplomb de Johanna, comme si les mensonges ne blessaient pas, ne déchiraient pas, comme s'ils faisaient tourner le monde. Elle n'est pas irréprochable, oh non, loin de là... elle aussi a menti ! Des petits et des gros mensonges, jusqu'à ce fameux soir où Antoine a passé la porte de chez eux – deux caleçons, deux chemises, sa brosse à dents jetés à la hâte dans un petit sac. Elle pensait qu'il reviendrait.

— T'as aucun contact avec elle ?

— Zéro. Je suis désolée... Il lui est arrivé quelque chose ?

— Non.

Elle essaie de se convaincre que c'est la bonne réponse. C'est ce que penserait Antoine : tant qu'on ne sait pas ce qui lui est arrivé, on ne peut pas dire qu'il lui est *arrivé quelque chose.* Le raisonnement est fragile, il ne fait franchement pas le poids face à ce *quelque chose* que les heures de la nuit ont rendu presque monstrueux, mais elle s'y accroche.

La sonnerie du réveil de Timothée s'est déclenchée ; bientôt, il sera calé devant son bol de céréales, l'air absorbé par un stupide jeu des sept erreurs imprimé au dos du paquet ou par les valeurs énergétiques contenues dans cent grammes de grains de maïs soufflés. Tout est tellement semblable à hier, et pourtant rien n'est comme avant.

Assise sur le rebord de la baignoire, Marion tire d'un coup sec la chaînette de la bonde. Elle regarde l'eau du bain filer, les secondes s'écouler, et regrette à en pleurer le temps qui a passé. Les yeux noirs d'Adèle lui manquent. La porte fermée sur ce qui, hier encore, n'était pas des mensonges, mais quelque chose de vague, qui se comptait en cases de calendrier, aussi.

Johanna

La première fois que j'ai vu Adèle, j'ai eu envie de la fuir, instinctivement. C'était un jour de rentrée, notre premier cours d'anglais. Elle était assise à côté de la seule place restée libre et qui par défaut est devenue la mienne. J'étais nouvelle et je ne connaissais rien des réputations des uns et des autres, mais j'ai tout de suite compris à quelle catégorie appartenait Adèle, celle des filles qui retrouvent leur sac à dos dans la cuvette des toilettes, reçoivent des fausses lettres d'amour, ce genre-là, quoi. Elle m'a regardée, et ce regard m'a dégoûtée, tant il était plein de l'espoir qu'on devienne amies, elle et moi.

Je me suis appliquée à lui faire comprendre qu'on ne serait jamais proches. J'écartais ma table de la sienne – je laissais toujours deux ou trois centimètres entre elles –, je refusais de lui parler, et même de lui dire bonjour. Je ne voulais pas qu'on ait l'air d'être liées par quelque chose, et j'aurais été… je sais pas… *mortifiée* d'être vue avec elle.

C'est un peu bête quand j'y repense, car Adèle n'était pas repoussante. Elle n'était pas très jolie, mais ça, on fait avec ce qu'on a… non, c'est son look vestimentaire qui était hallucinant pour une fille de troisième. Il aurait fichu la honte à quiconque marchant à ses côtés. Ses chouchous en velours dans les cheveux, ses bagues coccinelle qu'on trouve dans les pochettes-surprise pour gamines de sept ans, sa doudoune rose qui – horreur – s'ouvrait sur un sweat-shirt violet à volants.

Moi, à cette époque, je ne pensais qu'à sortir avec des mecs, je fumais des clopes (j'osais pas m'en acheter de peur qu'on grille mon âge, alors je les taxais à droite, à gauche) et j'envoyais bouler mes parents. Il me tardait d'avoir quinze, seize – seize ans, quel accomplissement ! – et je détestais ce qu'Adèle faisait de ses quatorze ans, les petites fleurs qu'elle dessinait au-dessus de ses « i », cette façon qu'elle avait de courir, les pieds en canard, pataudS, dans les courses de relai (elle courait vite, cela dit, et elle était loin d'être nulle). Elle avait une copine, une seule, Lilou. Quand elles passaient dans les couloirs, deux silhouettes roses et fleuries, une grande et élancée, une petite et ramassée, on disait : « Tiens, voilà les petits poneys. »

On va pas se raconter d'histoires, j'ai été du côté de ceux qui se moquaient d'Adèle. Je lui volais ses stylos, et il n'y avait rien qui m'éclatait plus que de la voir fouiller sa trousse, retourner son sac, se glisser sous sa table et dire enfin, avec un air de défaite : « Merde, j'ai encore perdu mon stylo. » J'ai dessiné une bite au blanco à côté d'un message inscrit sur la porte des toilettes : « Adèle P. suce gratos. » J'ai fait croire qu'elle sentait mauvais, alors que c'était faux, bien sûr.

On n'a jamais parlé de cette période. J'ai pas eu le courage de lui avouer pour les stylos et le reste. Je sais qu'on est con à quatorze ans, mais ça n'excuse rien. Est-ce qu'Adèle en a vraiment souffert ? Je sais pas… peut-être. Sans ça, elle serait sans doute pas devenue cette fille qui me faisait peur et que j'admirais, si ?

Je ne saurais pas dire si elle a changé ou si elle s'est *révélée*, en tout cas mon regard sur elle a changé, le jour où, en récréation, j'ai poussé la porte des toilettes et que je l'ai vue : ses petites mains toutes maigres plaquant les poignets d'une fille deux fois plus grosse qu'elle sur le mur. Leurs visages étaient collés, et j'ai cru un instant que c'était pour s'embrasser, mais Adèle s'est mise à lui crier dessus : « Pourquoi tu fais ça ? T'es qu'une tarée ! Une putain de tarée, une sadique ! La prochaine fois que je t'y reprends, je te fais bouffer ta merde, je te le jure. »

Adèle a desserré son étreinte, et la fille est repartie, en marmonnant : « Elle est complètement folle, celle-là. » J'étais abasourdie, je ne comprenais rien. Moi qui venais tous les matins au collège impatiente de ma journée – est-ce que j'allais sortir avec Nathan ? est-ce qu'Anouk m'inviterait à sa soirée ? est-ce qu'on allait remarquer mon nouveau bracelet ? – je venais de débarquer dans un monde parallèle.

Une deuxième fille est alors sortie des W.-C. le visage brouillé, les cheveux décoiffés. Les larmes avaient dessiné une traînée noire de mascara sur sa joue. Elle a ramassé son sac et elle est partie sans rien dire, sans même se passer le visage à l'eau froide.

— Ça reste entre nous, hein ? a dit Adèle, en se tournant vers moi. Elle portait un sweat-shirt couvert de « Happy », « Sweet », « Love », brodés de toutes les couleurs.

Je me demandais si c'était encore jouable de faire comme si je n'avais rien vu, de me réfugier derrière un verrou et d'attendre qu'Adèle s'en aille. Le temps de tergiverser, d'avoir le courage, en fait, de déscotcher mes pieds du sol, Adèle me regardait dans le miroir, tout en se lavant les mains. Je n'avais jamais remarqué qu'elle avait les yeux si noirs.

— Cette tarée coince des filles dans les toilettes pour leur faire boire l'eau des chiottes.

Elle n'a pas cherché à se justifier, à s'expliquer davantage. Elle se tenait bien verticale dans ses baskets à pompons violets et devait penser qu'elle était dans son bon droit. Elle m'a quand même redemandé, par sécurité :

— Je peux te faire confiance ? Tu diras rien ?

J'ai fait signe que je ne la trahirais pas.

— J'en étais sûre, elle a répliqué avec un petit clin d'œil.

Qu'est-ce qu'elle voulait dire par là ? Qu'elle

savait qu'on finirait par se trouver un point commun ? Elle m'a dit plus tard que j'étais *différente*, comme elle. Elle se trompait, j'étais comme les autres, influençable, prête à rallier n'importe quelle raison tant que c'était celle du plus fort. Voilà donc comment elle m'a attrapée ce jour-là : en me montrant qu'elle n'était pas celle qu'on croyait, et que toutes les mauvaises blagues, les messages gravés dans les box des W.-C., les ricanements, les messes basses, tout ça devenait une force, de la matière à coup de poing.

En cours d'anglais, l'espace entre nos tables s'est peu à peu réduit. J'ai laissé tomber Nathan, et Anouk ne m'a pas invitée à sa fête. C'était le prix à payer, je pense, pour être devenue l'amie d'Adèle. Je n'étais pas toujours très à l'aise avec elle. Je comprenais pas son entêtement à porter ces vêtements ridicules (elle m'a dit un jour que c'était pour faire chier sa mère), mais quelque chose me fascinait chez elle, cette rage qu'elle mettait à vouloir réparer les injustices. Il y a des gens qui passent leur vie à chercher la bagarre, Adèle était comme ça. Elle traquait les connards, les gens dont elle disait qu'ils faisaient le mal, et elle leur donnait une leçon.

Elle inscrivait le nom de ses cibles sur des papiers qu'elle me faisait passer en cours d'anglais. « Boulard, m'a-t-elle écrit un jour. *In* ou *out* ? » Monsieur Boulard, un grand type aux longs cheveux gris et sales qu'il attachait en queue-de-cheval. Il portait des shorts été comme hiver et des vieilles Nike qui étaient aussi fatiguées que lui. Le bruit courait qu'il avait été un « vrai champion » dans le passé. Franchement, c'était difficile à croire quand on le voyait planté au bord des pistes d'athlétisme, les épaules voûtées, son chrono dans sa main qui tremblait à cause des litres de café qu'il engloutissait.

« ??? » j'ai noté sur le même bout de papier, ne comprenant pas ce qu'Adèle reprochait à Boulard. Elle a écarquillé ses yeux noirs en réceptionnant le message. « Oui ! » s'est-elle exclamée dans un chuchotement qui a fait se retourner Anaïs, juste devant nous.

Adèle était étonnée. J'avais rien vu ? Boulard se remettant les couilles en place à travers son short dégueulasse, Boulard matant les seins de Mélody qui débordent de son soutif trop petit, Boulard plaçant sa main sur le dos de Sarah – mais pas au milieu du dos, tout tout tout en bas – pour lui dire de mieux assurer sa partenaire en escalade. Boulard lançant : « Vous n'oubliez pas d'éteindre les lumières ? » – prétexte bidon pour passer sa tête dans le vestiaire des filles. Alors ? Qu'est-ce que j'en pensais ?

— C'est un sale pervers, c'est tout, a décrété Adèle, sans même attendre ma réponse.

On a écopé de la même sanction, elle et moi – une semaine d'exclusion du bahut – mais c'était elle la tête pensante, la chef des opérations. Ma mère a essayé de le faire valoir auprès de la principale du collège, se tuant à répéter que je n'étais qu'une petite main, une gamine sous influence. Elle ignorait à quel point j'avais été grisée d'oser un truc aussi énorme.

Pendant une ou deux semaines, on a réfléchi à quelle peine infliger à M. Boulard. Comment on allait se le faire ? On tenait nos conseils de guerre, à l'écart de tous, pendant les récréations.

— On pourrait lui crever ses pneus ? j'ai proposé un jour.

— Ttttt, a fait Adèle, catégorique. Ça l'empêchera pas de continuer. Il faut quelque chose de plus fort, dont il se souviendra…

Elle m'a fait peur quand elle a ajouté :

— Quelque chose qui l'empêchera de dormir.

C'est moi qui en ai pas dormi les nuits qui ont précédé ce fameux jour. Les projets d'Adèle me foutaient le vertige, et je regrettais, par moments, cette époque où elle me semblait si stupidement innocente. J'avais peur, mais plus encore que de le lui avouer, j'avais peur de lui dire qu'elle exagérait peut-être un peu les choses – j'avais observé Boulard, il me semblait surtout un pauvre type, comptant les jours avant la retraite, mateur, d'accord, mais pervers ? – et pourtant j'avais envie de la suivre, alors je la suivais, maladroite, bancale, et une main sur les yeux pour éviter de regarder où je mettais les pieds.

Je ne sais pas où elle s'est procuré le matériel – de la peinture noire en bombe, la plus indélébile, la plus coriace du marché – mais je sais qu'elle l'a gardée plusieurs jours dans son sac à dos (le moindre de ses mouvements faisait cliqueter la petite bille en métal de l'aérosol). Elle m'avait dit : « On va la lui décorer, sa bagnole, tu vas voir », avant de me tendre la paume de sa petite main pour que je tape dedans.

J'étais donc « *in* », et j'attendais son signal, son plan d'action. Elle me l'a glissé dans ma trousse, un papier grand comme un timbre-poste : « RDV sur le parking demain à 9 h 50. Cible : Renault Mégane gris clair, immatriculée CF 216 AB 52. »

J'y étais avec un peu d'avance, vêtue de noir de haut en bas, comme pour un hold-up. Elle portait ses baskets à pompons et un jean jaune dont les poches étaient ourlées de dentelle. Ça nous a pris moins de cinq minutes, cinq minutes interminables, où je faisais le guet, terrifiée à l'idée de voir quelqu'un débouler sur le parking. Adèle a sorti sa bombe du sac. Elle avait déjà le texte en tête et se demandait s'il fallait l'écrire plusieurs fois – sur le capot, les portes latérales – ou bien une seule fois, mais en très gros. Je me disais qu'une seule fois en petit ferait très bien l'affaire.

— Qu'est-ce que tu vas écrire ? j'ai demandé en la voyant agiter la bombe.

— La vérité : « Étienne Boulard est un sale pervers. »

Je ne sais pas pourquoi, j'avais pensé à des dessins, des bites, des nichons, quelque chose d'idiot et d'impersonnel.

— Attends, on peut pas mettre ça, si on se fait choper…

Elle était déjà en train d'écrire, appliquée, soigneuse, ses dents baguées mordant sa lèvre inférieure, et j'ai ressenti à ce moment-là une extraordinaire bouffée d'adrénaline, comme à cette seconde où le wagonnet du grand huit s'arrête, juste avant la chute. Adèle a regardé son œuvre – elle avait opté pour des lettres capitales, de façon à ce qu'on ne reconnaisse pas son écriture. Elles étaient de longueurs et de grosseurs inégales, enfantines, et le D de Boulard était rond comme un ventre de bonhomme.

Voilà, le mal était fait.

On a rangé la bombe, est allées en récréation et, les heures qui ont suivi, on a attendu l'explosion.

Il n'y en a pas eu, parce que quelqu'un (on n'a jamais su qui) nous avait vues, et nous a dénoncées. La suite est une longue série d'emmerdes : convocation chez la principale, avec la CPE, M. Boulard, que j'ai vu pour la première fois dans un pantalon à pinces. Coups de téléphone aux parents. Conseil de discipline et tout le bazar. Je voudrais ajouter quelque chose sur M. Boulard. Il a été absent du collège pendant plus d'un mois et quand il est revenu, c'était un autre homme : il s'était coupé les cheveux en brosse, portait de nouvelles baskets et se tenait à l'écart de ses élèves. Quand je croisais son regard, ses yeux semblaient demander, sans aucune haine ni rancœur, mais avec une tristesse qui me rendait malade : « Pourquoi ? »

Je sais pas exactement comment les parents d'Adèle ont réagi, plus légèrement que les miens, je crois. Ça faisait enrager ma mère qu'ils soient aussi laxistes. Elle, ne me lâchait pas. Elle me répétait, atterrée : « Je peux pas t'empêcher de la voir, elle est dans ta classe… Mais… tu vois bien qu'elle a une mauvaise influence sur toi ? Que si tu continues à la fréquenter, tu risques de faire d'autres bêtises, et plus graves, tu comprends ? »

Elle a pas eu besoin de se battre, car cet épisode a fait passer l'envie des messages griffonnés qu'Adèle me glissait dans ma trousse, et des conseils de guerre dans la cour de récréation. En anglais, nos tables sont restées collées, mais notre complicité s'est éteinte. On n'avait jamais été très bavardes l'une avec l'autre, mais maintenant qu'on n'avait plus de « projet », plus de « cible » ensemble (l'affaire Boulard avait tué notre duo), on n'avait vraiment plus rien à se dire.

L'année d'après, on nous a mises dans deux classes différentes. J'ai renoué avec Anouk, me suis fait d'autres copines. Je croisais Adèle dans la queue pour la cantine, dans les couloirs, en perm. On échangeait un sourire, éventuellement une phrase :

— Il est sympa ton pull.

(Elle a arrêté de porter du rose en fin de troisième).

Tout est calme et presque frais, derrière les volets clos. L'obscurité de la pièce est tamisée par de fins rais de lumière dans lesquels lévitent des millions d'atomes de poussière. L'avocatier a eu chaud – Marion lui donnera à boire tout à l'heure. Elle n'a pas allumé son ordinateur, ni regardé son planning, elle s'est simplement assise dans le fauteuil de ses patients. De là, elle semble découvrir son bureau pour la première fois. La bibliothèque pleine de livres et de DVD, avec, dans un coin, le pavé oublié de sa thèse sur le suicide des adolescents, et quelques coquillages, ici et là. Sur les murs, les photos de paysages tahitiens – cadeau de sa mère au retour d'un voyage, le dernier, croit-elle se souvenir, avant la mort de son père –, des dessins d'enfants et, sur son bureau, trois galets gris rayés de blanc qu'elle a ramassés sur une plage de Nice et sur lesquels elle a écrit au lavis noir : « Lenteur », « Calme », « Continuité ». Juste à côté, contre son ordinateur, mais ça, ses patients ne peuvent pas le voir, se trouvent deux petits cadres en cuir, avec une photo d'Adèle, une autre de Timothée. Sourire tout en dents de lait, cheveux graissés par les jeux, le sable, la mer, les grandes vacances, et les yeux débordants d'une confiance, d'une tendresse infinies.

Marion pense à ces mères de famille épuisées, dégoûtées d'elles-mêmes, qui sont si souvent venues s'asseoir dans ce fauteuil et qui finissaient par demander : « Vous avez des enfants ? », comme si elles cherchaient la recette de cette vie parfaite et harmonieuse qui s'étalait sous leurs yeux dans le cabinet, comme si les cocotiers de Tahiti, l'avocatier resplendissant, les galets et les coquillages *étaient* la vie de Marion.

Des pas se font entendre dans le couloir. Kristof. Pourvu qu'il ne toque pas à la porte, qu'il ne vienne pas boire son café, adossé au mur, nonchalant, à parler de la météo, du programme qu'il a regardé à la télé la veille. Il a dû oublier ; d'autres soirées le lui ont sans doute fait oublier. Mais Marion n'y arrive pas, et la persistance de ce souvenir, la musique qu'il avait mise sur son ordinateur – de la variété italienne –, les bouteilles de bière éparses, au milieu des compresses, des gels hydroalcooliques et des appareils électrostimulants, et le torse nu de Kristof – elle ne le pensait pas si maigre et si poilu – la dégoûte. Bon sang, qu'est-ce qu'il lui a pris ce soir-là de tout foutre en l'air ?

Le téléphone sonne. La mention « inconnu » du numéro lui redonne, un instant, de l'espoir.

— Est-ce qu'Adèle est rentrée ?

Ce n'est qu'Antoine.

— Non.

Elle entend un tremblement dans le téléphone, et Antoine qui hésite, avant de lâcher, d'un trait :

— Il faudrait aller chez les flics.

— Les flics ?

Alors, nous y voilà… Toutes les hypothèses ont été épuisées ? Marion ne pensait pas que ce moment arriverait, elle pensait qu'ils seraient libérés *avant*, comme ces fois où Timothée ou Adèle ont disparu dans un supermarché, une gare, et réapparu quelques secondes interminables plus tard, ignorant tout de la montée d'adrénaline qu'ils avaient provoquée. Marion sent l'inquiétude d'Antoine sourdre dans le téléphone, et ça la rend encore plus fragile.

— Oui, il faudrait signaler… que… qu'elle est pas rentrée… dit-il. T'as appelé chez Mamy ?

— Y a aucune chance qu'elle soit avec Mamy.

— On n'en sait rien, Marion. Faut tout essayer.

Elle s'en va sans même arroser l'avocatier. Elle arrache un post-it sur lequel elle note : PROBLÈME FAMILIAL. ANNULER TOUS MES RENDEZ-VOUS. MARION. Elle le colle sur l'écran d'ordinateur de leur assistante et passe la porte au moment où Kristof ouvre la sienne :

— Salut.

Elle est déjà partie. Dans l'ascenseur, elle cherche l'adresse du commissariat sur son smartphone ; ses doigts gourds tapent une suite de consonnes incompréhensibles sur le minuscule clavier ; elle s'énerve, réessaie, obtient « vpmplizariat », voudrait jeter son téléphone, le réduire en miettes, et puis elle se rappelle l'écusson bleu-blanc-rouge ornant une façade en verre fumé à côté du supermarché où elle va tous les jours. Il peut se passer des années et des années sans qu'on ait besoin de franchir la porte d'un commissariat de police.

Ou bien la climatisation est cassée ou bien il n'y en a jamais eu ici. Il est à peine 9 heures du matin, le hall a beau être vide – il n'y a rien à signaler en ces temps de canicule, rien… –, il est saturé d'odeurs corporelles. À l'accueil, deux femmes noires brassent l'air avec des éventails en raphia. Ni la chaleur ni l'austérité masculine de l'uniforme n'ont entamé leur féminité. Leurs lèvres brillent sous le rouge à lèvres prune et des milliers de paillettes scintillent sur leurs ongles parfaitement manucurés.

— Qui t'a coiffée ? chuchote l'une.

Elle tourne délicatement la tête sur le côté pour faire admirer les tresses de son chignon qui s'enroulent sur elles-mêmes comme la spirale d'un coquillage. Une fleur en tissu, un genre d'hibiscus, a été piquée dedans, et la femme qui l'observe en claquant la langue serait tentée de l'ajuster, mais elle a vu que Marion s'impatientait. Avec son éventail, elle lui indique un couloir, une porte, un bureau, avant de retourner à l'examen de la merveille capillaire. Marion n'a pas compris si elle devait prendre tout de suite à gauche ou continuer tout droit sur quelques mètres, mais elle y va, machinalement. Elle est incapable de préparer ce qu'elle va ou voudrait dire, les mots se mélangent dans sa tête ; elle est confuse, crevée. Elle attend qu'on lui dise quoi faire.

— Asseyez-vous, lui dit l'officier sans quitter des yeux son écran. Je suis à vous tout de suite.

Il a la tête du flic qui arrête les méchants dans les films, se dit Marion. Un type corpulent, qui doit suivre un régime de musculation et de pizzas à emporter. Quelques gouttes de sueur perlent sur son crâne chauve. Il est en train de les essuyer avec un petit mouchoir en tissu, quand il lui demande enfin :

— Vous me racontez ce qui vous arrive ?

— C'est ma fille. Elle est pas rentrée hier.

— Elle a quel âge ?

— Seize ans. Son téléphone est sur messagerie ; je n'ai aucune idée d'où elle peut être.

— Vous avez essayé chez ses amis ? ses camarades de classe ?

Marion n'ose pas dire que « les amis d'Adèle » ne forment qu'un groupe très vague pour elle.

— Elle a pas beaucoup d'amis…

— Ou cousin, cousine, peu importe.

— Franchement, je sais pas chez qui elle pourrait être allée.

— Vous vivez en couple ?

— Pardon ?

Pourquoi cette question qui la vise soudain, elle ?

— Vous vivez avec le père de votre fille… euh…elle s'appelle comment ?

— Adèle.

— Vous vivez avec le père d'Adèle ?

— Non, plus maintenant.

— Vous avez de bonnes relations avec elle ? Pas de dispute, de conflit…

L'officier se met à chercher quelque chose sur son bureau en foutoir ; il soulève des dossiers, des feuilles volantes.

— Elle ne me parle plus, depuis… j'sais pas… plusieurs semaines ?

— Elle a des frères, des sœurs ?

— Un frère.

— Et à lui, elle lui parle ?

— Oui, un peu. Pas beaucoup.

— Bon, si c'est une fugue, sachez que les gamins reviennent chez eux au bout de quarante-huit heures, dans quatre-vingts pour cent des cas. Vous êtes allée à son lycée ? Vous avez informé le chef d'établissement ?

Marion secoue vivement la tête, sans rien dire. Elle se mord les lèvres pour ne pas pleurer.

— On va faire un avis de recherche. Vous avez une photo d'elle sur vous ?

Comment en est-elle arrivée *là* ? À quel moment tout a basculé dans cette espèce de… de… drame ? Marion reprend le fil des événements depuis vingt-quatre heures, elle n'arrive pas à voir… à trouver le nœud. Tout semblait si banal, si quotidien, le courrier sur le paillasson, Timothée sur le canapé avec ses écouteurs… À quel moment précis est-elle tombée de l'*autre côté* ? Du côté des gens qui deviennent tristement célèbres dans leur immeuble, leur quartier, parce que la photo de leur enfant a été imprimée sur un avis de recherche ? Elle s'effondre sur sa chaise, secouée de sanglots.

— Vous pouvez pleurer ici, tant que vous voulez, lui dit l'officier d'une voix subitement douce et enveloppante. On sent qu'il a l'habitude de consoler des inconnus… mais il va pas non plus y passer la journée, semble-t-il penser, alors il lui laisse quelques secondes, le temps qu'elle prenne un mouchoir, avant de lui redemander :

— Vous avez une photo d'elle ?

Marion replace ses cheveux derrière les oreilles, se tamponne le visage avec un mouchoir avant de saisir docilement son téléphone portable. Elle fait défiler les photos de son album, où rien de personnel ne s'affiche, mais des dessins de petits patients précoces ou hyperactifs, la carte grise de la voiture qu'elle n'a plus, une cafetière en métal brossé… quand soudain surgit Adèle, les yeux écarquillés, la bouche en o devant une pile de cadeaux presque aussi grande qu'elle. Son cinquième anniversaire. Marion s'en souvient comme si c'était hier… le salon de leur ancien appartement rue de Villiers, le canapé en cuir vert bouteille, le bout fleuri des chaussures d'Antoine, et là, en arrière-plan, sur la console, le traditionnel et infâme gâteau de crêpes au Nutella qui ravissait les enfants à chacun de leur anniversaire. Elle n'avait jamais vu cette photo jusqu'à ce qu'elle tombe dessus, il y a quelques semaines, sur le pêle-mêle de la chambre de sa mère.

— Qui te l'a donnée, Maman ?

Sa mère avait tourné son beau visage – maquillé pour qui ? pour quoi ? se demande souvent Marion – vers elle, et haussé gentiment les sourcils, l'air de dire : « Qu'est-ce que j'en sais ? », l'air qu'elle prend à chaque fois qu'on lui pose une question. Marion s'était contentée de caresser sa main, encore jeune, et sur les ongles de laquelle Giselle ou Rachimida apposent du vernis rose thé tous les mercredis, puis elle avait pris le visage d'Adèle en photo.

— Je n'en ai pas, conclut-elle enfin en replaçant son téléphone dans son sac. Faut que je regarde à la maison.

— Vous me l'apportez au plus vite ? L'officier regarde sa montre : vous pouvez revenir dans une heure ? Sinon, vous me l'envoyez par mail. Moi je vais appeler son lycée. Elle est scolarisée où ?

— À Balzac.

— Porte de Clichy ?

— Oui.

— Faut aller sonder ses camarades de classe. Vous voulez venir avec moi ?

— Je sais pas, je…

— Si, je pense que c'est bien que vous veniez. Je vous donne ma carte. Vous m'appelez s'il y a quoi de ce soit. À quel numéro je peux vous contacter ?

Une multitude de chiffres se bousculent soudain dans sa tête, dates de naissance, la sienne et celles de ses enfants, code de carte bleue (à moins que ce soit le digicode de son immeuble ?), mais son numéro de téléphone lui résiste ; elle bugge, ne sait plus.

— Attendez, je dois avoir une carte quelque part, dit-elle enfin en ouvrant son portefeuille.

L'officier lui fait comprendre d'un bref signe de tête qu'il n'a plus de temps à consacrer à leur entretien. Marion aurait voulu rester un peu, peut-être qu'on lui propose un café, qu'on lui dise que les choses ne sont pas si graves ?

— À tout à l'heure, lâche-t-elle en passant la porte, le regard perdu.

Timothée est assis sur le canapé, son sac sur le dos, ses écouteurs autour du cou, comme s'il était prêt à partir depuis longtemps. Marion a une légère grimace quand elle voit qu'il porte la même chemise qu'hier.

— T'as des nouvelles ? demande-t-il.

— Non… rien.

Timothée fait tourner son portable sur le dos de sa main, nerveusement, habilement.

— Bon, faut que j'aille en cours, dit-il en dépliant son mètre quatre-vingt-dix.

Marion le regarde et se demande ce qui les empêche de se rapprocher l'un de l'autre. Elle voudrait tellement coller son visage contre le sien, qu'il la serre dans ses bras, qu'il… mais il la frôle sans s'arrêter.

— C'est arrivé au frère d'Alex, murmure-t-il alors, juste avant d'attraper la poignée de la porte.

— Quoi ?

— Il est parti sans rien dire à personne. Il a pris un train pour Rouen et puis il est rentré.

— Pourquoi Rouen ?

— Chais pas. Mais il est revenu. Elle va revenir, Maman, j'en suis sûr.

C'est sans doute le seul baume qu'il a trouvé pour consoler sa mère, pas le summum de la tendresse, mais c'est déjà ça.

Elle va revenir… Marion allume l'ordinateur et charge les albums photo de la famille. Elle clique sur le dossier « Périgord », où se succèdent des images de ruelles pavées, de châteaux, mais aucune d'eux… Ah si, les voilà tous les quatre, posant devant des palmiers, impatientés par le soleil qui leur pique les yeux. Marion fait tourner frénétiquement la molette de la souris : pourquoi y a-t-il si peu de photos d'*elle* ? Elle s'apprête à chercher dans un autre dossier, lorsqu'*elle* apparaît : Adèle tenant dans ses bras le chat des voisins, ceux-là même qui leur louaient la maison. Ils passaient leur temps à lui courir après, dans tout le village : « Vous n'avez pas vu Minette ? » Ça faisait marrer Marion et Timothée, qui se moquait de la voisine, qui avait la même voix rauque que Marge Simpson : « Minêêêtte ! » En réalité, Minette ne partait jamais bien loin, et il suffisait que ses maîtres tapotent sa gamelle contre les dalles de la terrasse pour qu'elle surgisse d'un buisson, sautillante et un brin hautaine.

La dernière photo de l'album est un portrait d'Adèle. C'est Marion qui l'avait prise. Elle avait pensé à une mise en scène, parfaite : Adèle adossée à une jolie rambarde en fer forgé surplombant la Dordogne, le regard dans l'objectif, souriant. « *No pictures, only memories* », avait-elle protesté, faussement sérieuse, imitant un artiste de rue qu'ils avaient vu à Sarlat et qui agitait, monté sur des échasses, de grands foulards sales et dépenaillés. Il admonestait les passants qui tenaient leur smartphone à bout de bras pour le photographier.

Marion s'en souvient maintenant ; elle se souvient de comment Adèle lui compliquait la tâche dès qu'elle sortait l'appareil photo de son étui. Mais n'était-ce pas un jeu qui les avait fait rire, toutes les deux ? Ne s'était-elle pas dit, alors qu'elle appuyait sur le déclencheur et qu'Adèle se laissait photographier, de mauvaise grâce sans doute, le visage de biais, le regard détourné, mais acceptant malgré tout sa place dans l'album de la famille, ne s'était-elle pas dit que les grandes vacances avaient cette vertu, de permettre de prendre du recul sur les problèmes qui vous pourrissent le quotidien ? Et que la vie avec Adèle, justement, n'était peut-être pas plus compliquée qu'une photo ratée sur une blague insignifiante : « *No pictures, only memories* » ? La photo est belle, pourtant, et nette. Adèle a le visage presque de face, mais ses yeux sont ailleurs, soulignés par une mèche folle qui vole au vent. C'est celle-là que Marion choisit. Dans l'objet du mail qu'elle envoie à l'officier, elle tape, la main tremblante : « Photo / Avis de recherche ».

« On est sans nouvelles d'Adèle depuis hier, après qu'elle a quitté le lycée. Aussi, si l'un d'entre vous l'avait vue ou contactée par mail ou téléphone, après 17 h 30, il faudrait nous le dire… »

Pendant que l'officier parle, fort, bras croisés sur son ventre imposant et les jambes écartées, solidement ancrées sur l'estrade, Marion balaie la salle du regard. Une fille s'est fait le masque du Joker de Batman, un garçon porte un haut-de-forme et de faux favoris. Il souffle un mot à voix basse qui fait sourire sa voisine – bijoux de Wonder Woman maquillés sur les poignets et le front. Pour les première et les terminale, c'est le dernier jour de classe avant le bac, et le lycée est en fête.

Marion cherche un visage familier caché derrière ces masques, quelqu'un qu'elle reconnaîtrait pour son lien avec Adèle. Elle les observe attentivement, rangée après rangée (elle pense tomber sur la place de sa fille, une des rares qui soit vacante, troisième rang à droite, contre la fenêtre), et se dit qu'il y en aura au moins un ou deux dont elle saura les prénoms ou situera vaguement les parents. Mais elle ne voit que des inconnus, trente-trois personnes qui ont passé l'année avec *elle*, lui ont parlé, embrassé la joue, l'ont accompagnée aux toilettes ou à l'infirmerie, lui ont peut-être même confié des petits secrets. Inconnus.

— Il y a quelque chose qui t'amuse, Mathilde ?

Le professeur de français, M. Pelletier, vise avec mépris le serre-tête oreilles de lapin de la jeune fille. Il fait quelques pas vers elle, comme pour mimer la menace, mais sa démarche est raide ; il est engoncé dans ses vêtements, sa veste surtout, sur laquelle commencent à apparaître des taches de transpiration au milieu du dos. La fille se ressaisit mollement et affecte l'air qu'il faut, s'imagine-t-elle – gravité, respect –, un air qui s'évanouit aussitôt que la sonnerie retentit.

La salle se vide donc, peu à peu, laissant filer les élèves, certains embarrassés, inquiets, et même stupéfiés par l'irruption d'un fait divers dans la routine si prévisible de leur lycée, et d'autres au contraire complètement indifférents ou bien remplis de cette certitude que de toute façon, à *eux*, il n'arrivera rien. Une fille sort un miroir rond de son sac pour vérifier l'état de l'impact de balle qu'elle s'est dessiné sur sa joue grêlée par l'acné, Mathilde aux oreilles de lapin traîne un instant devant le prof – elle comprend rien au texte d'Érasme, et elle a trop peur de tomber dessus à l'oral du bac. Lui se contente de lever les yeux au ciel – est-ce parce qu'il vient de voir qu'elle portait des tongs Hello Kitty ? Et pendant ce temps-là, les élèves passent, happés par le couloir d'où l'on entend déjà des cris réjouis : « Plus que deux heures à tirer, mon pote ! »

Est-ce qu'ils évitent Marion ou bien c'est elle qui se fait des idées ? Ça la rendrait presque folle ; elle voudrait qu'ils la regardent dans les yeux, bien en face, et alors elle leur crierait : Mais parlez-moi d'*elle*, bon sang ! Vous la connaissez ! C'est là qu'elle aperçoit deux filles qui sont restées au fond de la classe, et qui discutent avec animation, à voix basse. L'une a l'air de presser l'autre, qui a instinctivement placé ses pieds en dedans pour s'éviter d'avancer. « Si ! lui intime-t-elle. Faut que t'y ailles. » Elle lui donne une petite tape dans le dos qui déverrouille ses pieds et lui donne le courage de se diriger vers l'estrade :

— Ça m'étonnerait que ça vous intéresse…, dit-elle au policier d'une voix presque inaudible, ses paroles s'effaçant au fur et à mesure qu'elle les prononce.

— Ne dis pas ça, la coupe-t-il. Chaque détail est important.

Il sort un petit carnet de sa poche, note son nom, son prénom, et la fille se sent si importante de l'empreinte qu'elle va y laisser qu'elle se lance, soudainement libérée de toute inhibition :

— Il y a quelques semaines, j'ai croisé Adèle dans la rue. Elle était avec trois ou quatre filles – j'les connais pas, elles sont pas au lycée. Je l'ai appelée. Elle m'a vue, c'est impossible qu'elle m'ait pas vue, elle m'a même regardée. J'ai insisté. « Salut Adèle », j'ai dit. Elle a pas réagi, comme si j'étais le genre de folle qui interpelle des inconnus dans la rue. Franchement, ça m'a choquée. Je pensais qu'on était amies, elle et moi. Enfin… peut-être pas « amies », mais qu'on s'appréciait, quoi…

Le policier a noté deux ou trois mots avant que la pointe de son stylo ne se relève et se mette à dessiner des ronds dans le vide, à trois millimètres du papier, désœuvrée.

— Hmm… marmonne-t-il. Elles étaient comment ces filles ? Plus âgées, plus jeunes ? Quels vêtements, tu te souviens ?

— Euh… non… je me souviens juste que j'les connaissais pas.

Tandis que carnet et stylo retrouvent leur place, Marion pense : si tu crois que ça va nous aider…

— Chai pas si ça peut vous aider ?…

— Bien sûr que ça nous aide, répond l'officier. Si tu te souviens d'autre chose, un incident, n'importe quoi au sujet d'Adèle, il faut nous le dire.

Elle acquiesce, satisfaite de se montrer si fiable, une fille sur qui on peut compter. « Ah, tu vois, j't'avais dit ! » lui dit vivement sa copine, dès qu'elles ont tourné la tête dans le couloir.

M. Pelletier

Adèle est une jeune fille de seize ans comme à peu près toutes les jeunes filles de seize ans. Elle n'est pas plus en retard, absente, oublieuse, que les autres. C'est une adolescente qui s'ennuie en cours, mais trouve sans doute une raison d'être *en dehors* des cours ? J'imagine… Elle travaille peu, le minimum, d'ailleurs on s'est demandé avec un collègue si ce n'était pas tactique, une stratégie paresseuse pour atteindre un petit 11 de moyenne dans toutes les matières, et passer sous les radars.

Adèle n'est pas un « cas » qui se discute aux conseils de classe et, pour être tout à fait franc, elle n'est une priorité pour personne, au lycée. Elle aura son bac, elle ira à la fac, elle trouvera un boulot. Elle fera une adulte *intégrée*.

Est-ce qu'il y a quelque chose qui la démarque des autres ? Hmm… je ne crois pas, non. Elle s'habille presque toujours en noir, mais cela fait-il d'elle quelqu'un de *spécial* ? Les valeurs des adolescents sont tellement changeantes : un jour c'est noir, le lendemain blanc, il serait vain de chercher un sens derrière tout ça…

Quand j'y pense en fait, si, un point la distingue de ses camarades : son refus du ricanement, de la moquerie gratuite et spontanée. Adèle est si… sérieuse ! Je ne l'ai jamais vue rire, ni même sourire, au détriment de quelqu'un. Elle ne rigole pas, ne jacasse pas… non pas qu'elle soit triste, non… je dirais… *grave.*

Il y a quelque temps, j'ai secoué les élèves un peu violemment. Parfois, ça vous démange… ils sont tellement mous ! Et je ne parle pas seulement de leur inertie devant la caverne de Platon, mais de leur attitude dans la vie. À seize ans… on a envie de changer le monde, on s'indigne de tout, se rebelle contre tout ! À seize ans, on a des opinions, des ambitions. Et je leur demandais : « Où êtes-vous ?! De quel côté, de quel parti ? Quelles idées vous dégoûtent ? Lesquelles vous feraient courir le monde ? Mais me regardez pas comme ça, avec vos yeux si vides… ! Réveillez-vous ! Quand j'avais votre âge, moi, je rêvais de traverser la Russie à moto, de faire le tour de la planète en cargo, mais vous, qu'est-ce qui vous anime, qu'est-ce qui accroche votre regard ? » Ils me fixaient sans réagir.

— Vous êtes désespérants, ai-je dit pour conclure.

— Vous êtes marrant, monsieur, a répondu Iptissem.

C'est terrible, cette façon de ne jamais rien prendre au sérieux. Les élèves me considéraient avec curiosité, ils devaient m'imaginer, trente ans en arrière, les cheveux longs, une guitare dans le dos et du tabac à rouler dans les poches. Oui, peut-être était-ce là toute l'ironie, le « marrant » : l'histoire du vieux prof chiant et taciturne qui a été jeune, une fois dans sa vie.

Adèle était la seule à ne pas s'en amuser. J'aimerais savoir quelles pensées se cachaient derrière son air absorbé. Peut-être était-elle tout simplement ailleurs ? Mais je ne crois pas… je crois qu'elle réfléchissait à ce que je venais de dire, l'appel des forêts, des océans, de l'étranger, l'appel de la vie. Je regrette aujourd'hui de ne pas lui avoir posé la question, mais à deux semaines du bac de français, on pense pas forcément à poser ce genre de question.

Une après-midi, le ciel changea de couleur. Les gens accueillirent avec soulagement les nuages qui nichaient lourdement au-dessus des toits. Le vent se leva ; on guettait l'orage. Il éclata enfin, faisant trembler les fenêtres du salon de l'appartement de Marion, jusqu'à ce qu'une rafale de vent les force pour de bon. Le globe d'une lampe en verre opalin se brisa et des papiers s'envolèrent, post-it, factures, liste de course, ainsi que le tirage, en noir et blanc, de la photo d'Adèle prise dans le Périgord, accompagnée de ce titre en caractères gras : « Disparition inquiétante de mineure ». Il ne vint personne pour fermer les fenêtres, dont les battants claquaient, encore et encore, ni s'émouvoir de la lampe cassée ou ramasser les bris de verre. Quant aux papiers, ils poursuivirent leur course folle sous le canapé et la table basse.

Antoine et Marion se tenaient face à face, comme si l'un avait été le reflet de l'autre, poing serré contre la bouche, la tête trop pleine pour dire quoi que ce soit. Ils ressemblaient à ce qu'ils n'étaient plus, deux âmes sœurs.

Ça faisait trois jours, maintenant, trois jours au cours desquels Adèle avait été vue des dizaines de fois, ou peut-être pas Adèle, mais « une fille comme elle » ou « du genre d'Adèle, avec des cheveux très longs », disaient les témoins qui appelaient le numéro sur l'avis de recherche. Vue à un carrefour à Montrouge, dans un bowling de Poissy, sur une moto à Montreuil ou faisant du baby-sitting square du Temple. Les rues étaient pleines d'Adèle et pourtant elle demeura introuvable durant ces trois jours. Trois jours saturés de cigarettes, de caféine et de travail pour Antoine qui cherchait là l'illusion d'une vie normale, trois jours déréglés, où la nuit et le jour se confondaient pâteusement, pour Marion. Une boîte de Lexomil couchée sur sa table de chevet. Son téléphone sur l'oreiller, la sonnerie réglée au maximum. Elle avait laissé son cabinet, ses patients, et l'appel au secours d'une mère qui lui avait écrit dans un mail : « Mon fils a recommencé à faire pipi au lit. Il faut absolument que je vous voie » était resté sans réponse. Marion subissait les heures qui passaient, poisseuses, sans qu'Adèle ne reparaisse.

Sous les fenêtres, le parquet est constellé de gouttes de pluie qui formeront bientôt une flaque si quelqu'un ne les referme pas. Marion s'en charge donc ; écrase au passage quelques éclats de verre qui crissent sous ses semelles. Elle n'a pas le courage d'aller chercher l'aspirateur, pourtant il faudrait faire quelque chose, se dit-elle en regardant, comme si c'était ses propres ruines qu'elle contemplait, les papiers épars, les moutons de poussière dans les recoins, les taches de graisse séchée sur le carrelage de la cuisine, toute la saleté accumulée par ces journées sans emploi du temps, vides.

— Tu veux rester manger quelque chose ? demande-t-elle alors à Antoine, déroutée par le son de sa voix après un si long silence.

Merci, non, dit-il, il a du travail, une grosse réunion à préparer, mais elle peut l'appeler, même tard dans la nuit, d'accord ? Marion pourrait peut-être surmonter cette nouvelle soirée si quelqu'un lui parlait, si Antoine, seulement, pouvait rester. Tout sauf le silence et ce désordre autour d'elle qui lui hurlent au visage son abandon. Dans ses cheveux, ses boucles d'oreilles s'agitent comme deux petits pendules affolés.

— Tu sais ce qui me terrifie le plus ? demande-t-il en pointant ses yeux sur elle, ses yeux autrefois – quand était-ce, *autrefois* ? Il y a trois jours, dix ans, vingt ans ? – si vifs et brillants et désormais opaques, comme s'ils avaient été bouchés par une poignée de graviers sales. C'est qu'on lui fasse du mal, dans un coin si isolé qu'on ne pourrait pas l'entendre appeler au secours... Je me sens tellement impuissant... murmure-t-il d'une voix malmenée par des sanglots souterrains.

Elle et lui. Ils sont en train de devenir ce qui arrive aux gens qui sont soudainement frappés par un grand malheur. Cet affaissement, ce tassement des os qui vous racornit, vous vieillit prématurément, cette fatigue, cette nausée que vous traînez quoi qu'il arrive, avec ou sans anxiolytiques, avec ou sans insomnies. Ils étaient si forts, *avant*, pense Marion. Ils ne rencontraient que peu de problèmes pour lesquels Antoine ne pouvait dire, soumettant tous les événements de leur vie à son intelligence logique : « Il y a toujours une solution. » Cette fois-ci, la solution leur échappe ; elle ne peut pas venir d'eux, des écoles et universités qu'ils ont fréquentées, de leur réseau amical et professionnel, de la situation financière d'Antoine. Ils subissent la *solution* que n'ont pas encore trouvée les patrouilles de gendarmes dépêchées dans les gares, les aires d'autoroute, les forêts.

Marion est déchirée de laisser partir Antoine sous l'orage. Elle voudrait qu'ils parlent ; il n'y a que la parole pour conjurer la peur, non ? C'est ce qu'elle se disait, petite fille, quand elle dormait chez sa grand-mère, dans une chambre trop grande et trop sombre, où se cachaient, dans les replis de l'obscurité, mille choses effrayantes, des créatures indéterminées dont elle ne devinait que les extrémités crochues et dentues. Alors elle parlait, toute seule, à voix haute, et finissait par s'endormir, la bouche pleine de mots.

Antoine est parti. Elle n'a pas pu lui dire ce qui la terrifie, elle, et rend ses journées si longues et ses nuits poreuses à la folie, cette pensée qu'Adèle est peut-être partie parce qu'elle était malheureuse, se sentait abandonnée... *mal aimée* ? Marion sait qu'il ne suffit pas d'aimer, et qu'on peut aimer *mal*, c'est souvent ce qui se passe d'ailleurs, on aime égoïstement, méchamment, violemment, on aime avec négligence ou avec trop de zèle, on aime avec ce qu'on a, des cris, de la tristesse, de la peur, des angoisses, parfois c'est de la joie et alors tant mieux, toujours est-il qu'on croit aimer *bien* et qu'on ne se rend pas compte du mal que l'on fait... Et si elle avait *mal* aimé Adèle ? Et qu'elle l'avait fuie, elle, la mère coupable ? Depuis trois jours, elle retourne la purée de pois qui emplit son crâne pour trouver quelle faute elle a pu commettre. Car c'est sûr, elle a commis une faute.

Un bruit de clé dans la serrure. C'est Timothée.

— Comment ça va ? demande-t-il à Marion, en s'agenouillant au bord du canapé où elle passe ses journées, son téléphone dans le creux de la main.

Une odeur sucrée et rance – peut-être celle du RedBull – se dégage de son haleine. Marion regarde ses yeux diminués par les cernes, ses lèvres déshydratées, gercées. Timothée a sa tête des lendemains de fête, certains dimanches, quand il vient prendre son petit déjeuner peu avant midi et que Marion lui demande :

— T'as bu de l'alcool… Beaucoup ?

— Franchement, pas tant que ça… Sourire railleur.

— Mon œil… T'as pas fumé au moins ? Y a pas du shit qui circule dans vos soirées, hein ?

— Maman…ça va… tu peux me faire confiance, je sais ce que je fais…

— Bah non justement tu sais pas, reprend-elle souvent, histoire de « recadrer les choses », essayer du moins. Tu sais pas ce que c'est que de voir un gamin dans le coma parce qu'il a trop bu ou qu'il fait un bad trip, et à qui il faut porter assistance. Moi je l'ai vécu, eh ben je peux te dire que c'est sacrément flippant.

Mais là, la cause des yeux caves et tristes de Timothée est ailleurs. Marion passe une main dans ses cheveux, un geste qu'il accepte par gentillesse, uniquement, et avec un imperceptible mouvement de recul :

— Et toi, comment *tu* vas ? lui demande-t-elle doucement. Tu veux qu'on en parle ?

« Non », fait-il d'un signe de tête, l'air désolé et un peu honteux. Il s'enferme dans sa chambre, transfère la musique de ses écouteurs à ses enceintes, une musique vive, joyeuse, qui donnerait – en temps normal – envie de danser et de se griser d'alcool. Une odeur de cigarette ne tarde pas à sourdre au travers de la cloison, et Marion se demande quand ses enfants ont commencé à mettre une porte entre elle et eux. Un an ? Oh non, plus que ça…

Elle se souvient d'un jour, Adèle avait quatorze ans ; elle était rentrée à la maison avec les cheveux bleus, de ce bleu criard de désinfectant pour toilettes. La couleur n'était pas homogène, elle était très concentrée au-dessus du front et d'un bleu plus pâle, tirant sur le vert, sur les longueurs. Elle avait dû se faire cette teinture elle-même, chez une amie ou dans les W.-C. du collège, après se l'être achetée au supermarché, et le résultat était si stupéfiant de laideur que Marion, en dépit de toutes les remarques, tous les commentaires qu'elle avait pu faire sur la beauté – qualité très relative –, l'apparence physique – forcément trompeuse –, et la tyrannie qu'exerçaient les médias, la télé sur le corps des femmes et des jeunes filles pour les aliéner à une certaine idée de la beauté, s'était mise à pleurer, en voyant Adèle. Elle avait fondu en larmes, comme une gamine.

— Tu peux pas rester comme ça, c'est pas possible… avait-elle dit. Pourquoi tu cherches à t'enlaidir ? Oh ? Adèle ?

— Et si je te dis que j'aime, moi ? C'est pas tes cheveux que je sache.

— Oui, enfin, t'as quatorze ans, et il me semble que j'ai mon mot à dire là-dessus.

Adèle avait tourné les talons et s'était enfermée dans sa chambre. Une heure ou deux plus tard, la nuit était tombée et le dîner servi sur la table qu'elle y était encore, ne laissant filtrer que quelques bruits de pas ou de pages qu'on tourne. Adèle a toujours été endurante à la mauvaise humeur, forçant ses adversaires à capituler. Antoine et Marion s'en amusaient quand ça ne les agaçait pas ; ils disaient : « Ah… Adèle commence une grève de la faim. » Ce soir-là, Marion avait donc fini par toquer à sa porte, agitant un petit drapeau blanc :

— Allez Adèle, sors de là. *Tu veux qu'on en parle ?*

— T'es pas ma psy, avait-elle répondu sèchement.

Marion compose *son* numéro, un geste machinal qu'elle est lassée d'accomplir, quarante fois, cinquante fois par jour. Elle ne prend même pas la peine de porter le téléphone à son oreille, et se contente de le regarder, comme un objet détesté qu'elle lancerait volontiers contre le mur si elle n'en était pas à ce point esclave. Elle se fige en entendant non pas les voix rieuses d'Adèle et de son amie, mais celle, trop polie, d'un robot : « Désolé, cette messagerie n'accepte pas de message pour le moment », qui lui raccroche subitement au nez.

En trois jours, la chambre d'Adèle, dont il était si difficile – impossible – de pousser la porte, pour discuter, badiner, demander : « Ça a été, ta journée ? » a perdu son mystère. L'officier de police est passé, avec quelques enquêteurs munis de gants de latex blanc, pour ouvrir les placards, déplier les vêtements, feuilleter les livres, défaire le lit. Ils sont repartis avec un cheveu d'Adèle, cueilli sur son oreiller et placé dans un sachet en plastique, et son ordinateur.

Les premiers jours, Marion croyait entendre la voix de sa fille, quand elle entrait dans sa chambre : « Qu'est-ce que tu fais là, tu m'espionnes ? » Et puis, la voix s'est éloignée, jusqu'à disparaître, et Marion s'est mise à regarder cette pièce autrement, débarrassée de ce sentiment de transgression qui la mettait mal à l'aise, et convaincue que quelque chose attendait d'être découvert, quelque part, là, sous la nuée d'étoiles phosphorescentes.

Alors Marion inspecte la chambre d'Adèle, tous les jours, plusieurs fois par jour. Elle choisit un endroit – mur gauche, mur droit, lit, placard, bureau – et l'examine à fond, décidée, dans ce lieu qu'elle connaît par cœur désormais, à tomber sur un élément nouveau, une empreinte que ni elle ni les policiers n'auraient vue auparavant. C'est sa seule véritable activité, et celle-ci prend tellement de place que, dans ces moments troubles où le sommeil l'emporte pour des rêves poussifs et lancinants, ces rêves qui surviennent lorsqu'on est pris de fièvre, Marion se revoit, époussetant les plinthes de la chambre d'Adèle, déplaçant les meubles, grattant le parquet, comme une fichue damnée.

Elle a déjà fouillé le placard, étagère par étagère, et passé en revue les vêtements de sa fille, de toutes sortes de noirs : des noirs éteints, délavés, presque gris et d'autres bleutés, voire légèrement moirés. Pantalons, T-shirts amples, chemises ou tuniques, jupes longues, mal coupés et de mauvaise qualité, choisis pourquoi sinon… disparaître ?

Ça fait bien deux ans que Marion n'emmène plus sa fille dans les magasins – trop compliqué, trop *délicat*. Avant, elles avaient l'habitude d'aller chez H&M, parce que, là, les cabines d'essayage ferment avec une vraie porte verrouillable, et non pas avec ces rideaux trop courts qui laissent tout entrevoir. Marion s'asseyait sur un tabouret dans le couloir et elle attendait, une demi-heure, une heure, parfois plus, qu'Adèle sorte de la cabine. C'était si long ; elle observait en bâillant les pieds de sa fille qui dépassaient de la porte et piétinaient le carré de moquette, elle regardait toutes celles qui, femmes ou jeunes filles, prenaient le chemin des caisses avec leur petit lot de vêtements sous le bras, certaines avec l'air enjoué, ravi – le miroir avait été bon avec elles.

Quand la porte de la cabine s'ouvrait enfin, Adèle avait les yeux rouges et signifiait à sa mère que rien, vraiment rien n'allait. Et Marion, parce que ça lui broyait le cœur de voir sa fille dans cet état, rendait les choses plus pénibles encore en entrant dans la cabine :

— C'est pas possible qu'il n'y ait rien là-dedans qui t'aille… Là, ce pull, je suis sûre qu'il est très joli sur toi.

— Avec le corset, j'ai l'air d'un footballer américain, là-dedans.

— Et sans le corset ?

— Bah… d'une fille difforme avec le dos détraqué.

— C'est pas vrai, Adèle. Il y a des tas de jeunes filles qui donneraient cher pour avoir ton physique, tes longues jambes fines, tes jolis bras.

— C'est ce que disent les gens qui n'ont pas de scoliose.

— T'as une image complètement faussée de toi-même ! Je t'assure… Allez, tu veux pas me montrer comment tu es dans ce pantalon ?

C'est là en général que la situation dégénérait dans le silence, un affreux silence à couper au couteau, mais qui avait le don d'épargner à Marion et Adèle les effusions de larmes, les reproches, le trajet du retour dans deux bus séparés, comme c'était arrivé une fois. Adèle déposait alors les vêtements en vrac sur un portant et lançait un sourire lourd de rancœur à la vendeuse qui demandait, conscience professionnelle en béton armé : « Ça a été ? »

Marion a fait plusieurs piles sur le lit d'Adèle : pulls, jeans, T-shirts noirs qui portent les marques d'usure des rivets du corset. Tout en inspectant les trous, elle repense à l'orthopédiste de l'hôpital Necker, à ce qu'il avait dit à Adèle, la première fois qu'elle avait essayé son corset : « Pendant dix-huit mois, il va falloir le porter vingt heures sur vingt-quatre. Oui, je sais c'est beaucoup », avait-il ajouté alors qu'elle retenait son souffle, grimaçant. Ça lui sciait la peau, lui comprimait la cage thoracique. « Après, tu ne le porteras plus que la nuit, et, plus tard, si ça évolue bien, plus du tout ! Terminé ! Mais il va falloir être sérieuse pendant ces dix-huit mois, hein, Adèle ? Je te fais confiance ? » Elle va se bousiller le dos, se dit Marion, qui ne peut pas être en colère – l'heure est trop grave – et elle se laisse, encore, emporter par la peur, la peur que sa fille ait mal, qu'elle souffre inutilement tout ça parce qu'elle a laissé – oublié ? – son corset. Pour s'occuper les mains, Marion revient à ses piles de vêtements noirs et remarque deux intrus colorés, des oubliés, sans doute, d'un voyage vers les bennes d'Emmaüs deux ans auparavant : un pantalon jaune brodé de dentelle et un col roulé mauve – étrange de penser qu'Adèle a aimé le jaune, les motifs arc-en-ciel et toutes les teintes du rose.

Elle pense un instant qu'elle pourrait compter les pantalons, les T-shirts, pour savoir s'il en manque, si elle a fait une valise pour partir quelque part, et elle s'exécute, mais la multitude de vêtements, presque tous semblables, lui donne le tournis. Elle se sent fléchir. Ses mains lourdes entraînent son dos et ses épaules vers le sol, à moins que ce ne soit l'atmosphère, ici, qui l'écrase. Elle a souvent entendu des patients parler de la « densité » de l'air qui pesait sur leurs membres, les paralysait parfois, un peu comme dans ces cauchemars où vous n'arrivez pas à mettre un pied devant l'autre, quand bien même vous seriez poursuivi par la vague monstrueuse d'un tsunami. Elle ne veut pas penser qu'elle va *aussi mal* qu'eux, alors elle agite ses mains en l'air pour faire refluer le sang, secoue ses épaules, détend son cou, et fouille du regard un autre coin à explorer, puisqu'il n'y a que ça, aujourd'hui, qui emplit ses journées.

Elle remarque un trou triangulaire, dans une latte du parquet, sous le bureau, un trou juste assez large pour laisser passer l'index. De là où elle se trouve, la latte semble légèrement disjointe, a tout l'air, en fait, d'une cachette. Marion se précipite, elle manque de se cogner en se mettant à quatre pattes sous le plateau du bureau – elle ose à peine y croire : la latte se descelle sans qu'elle ait besoin de forcer. Est-il possible qu'elle trouve là ce qu'elle cherchait ? Un endroit où Adèle se confiait tout entière ?

Sa vue se trouble, le sang bat dans ses tempes.

Elle ne devrait pas s'emballer, oh non, il ne faut pas, Adèle ne va pas surgir comme un diable de sa boîte, mais elle ne peut s'empêcher de placer un fol espoir sous ce rectangle de bois, comme si tout allait s'éclaircir d'un coup et qu'elle allait saisir enfin le sens de ces journées filandreuses. Marion plonge une main dans la cachette, elle tâtonne fébrilement dans la sciure. Elle trouve des papiers de bonbons qui ne datent pas d'hier, des emballages de carambars décolorés dont les blagues sont devenues illisibles, un Mars dur comme du bois qu'on a oublié de manger, et sous ces couches de déchets, tout en dessous, un objet doré qui brille dans la poussière : un petit cadenas. Marion tire dessus et sent son cœur bondir dans sa poitrine quand elle s'aperçoit qu'un carnet y est accroché, comme un poisson hameçonné.

Le carnet est petit, quinze centimètres sur sept ou huit, et mince, mais le cadenas, la cachette ne sont-ils pas le signe qu'elle vient de mettre la main sur quelque chose d'important ? Un *indice* ? Le cadenas est coriace ; elle le fait sauter avec un vieux tournevis rouillé, et le carnet s'ouvre presque trop facilement, et les mots que Marion n'attendait plus surgissent comme par magie : « Journal d'Adèle Percival », écrits au stylo rose pailleté.

10 mai. Je déteste ma prof de techno ! Je la hais ! Mme Vacher, grosse vache, va te faire en-cu-ler.

2 juin. Nicolas sort avec Mélissa. Juliette avec

Anton. Et moi ?? Est-ce qu'il y a quelqu'un qui m'attend quelque part ?

5 juin. Ne pas oublier de demander un blouson Hollister pour mon anniversaire. Le même que celui de Sarah. Avec une capuche et de la fausse fourrure.

13 octobre. Journée horrible. Deux garçons ont fait un classement des filles de la classe, de la plus jolie à la plus moche. Je ne suis pas la dernière, mais pas loin. Et la dernière est franchement affreuse, et je ne suis que trois places devant elle !… Anaïs a dit qu'il fallait pas s'en faire, que ça ne voulait rien dire, qu'ils étaient deux pauvres types et que même la dernière fille de la liste voudrait pas sortir avec eux. Facile à dire quand on est la cinquième plus jolie.

Marion parcourt ces lignes en avalant la moitié des mots, tant elle est avide de la présence d'Adèle. Elle colle son nez au papier, comme si son odeur pouvait se communiquer à travers l'encre du stylo. Elle tourne la page : « 25 octobre. J'aime tellement Julien Doré que mon cœur pourrait exploser », et puis plus rien. Le journal s'arrête. C'est pas possible, elle y aura probablement laissé une autre empreinte, quelque chose, quelque part…, se dit-elle. En feuilletant vivement le carnet, elle libère un trèfle jauni aux quatre feuilles diaphanes parcourues de veines transparentes, qui retombe sur sa cuisse. Elle le pose sur sa paume, l'effleure délicatement du bout de son index. Elle ne sait pourquoi elle s'émeut tant de la fragilité des feuilles, de la tige grêle qu'un rien mutilerait. C'est alors que la voix qui s'était évanouie revient, on croirait par ironie : « Qu'est-ce que tu faisais ? Tu m'espionnais ? » Marion secoue la tête, comme pour se défendre de cette accusation : « Non, non, que crois-tu que je fais toute la journée, sinon t'attendre et te chercher ? » Elle reprend le carnet au début, relit chacune de ses phrases, une bonne dizaine de fois. Elle essaie de se souvenir de Mme Vacher ; en quelle classe l'avait-elle ? Elle voudrait mettre une année sur ces dates, poser un repère sur le blouson Hollister – elle ne croit pas avoir jamais offert un tel vêtement à sa fille –, est-ce que c'était avant ou après qu'on découvre sur une radio le corps sinueux de sa colonne vertébrale ? Et quand bien même, se dit-elle, à quoi cela l'avancerait-elle ? Marion ne saurait dire quand, ni par quelle trappe elle a filé, mais cette Adèle-là n'existe plus, c'est certain.

— C'est terrible… terrible…

— On n'est plus en sécurité…

— Mon frère m'a appelée tout à l'heure ; j'comprenais rien à ce qu'y me disait, à cause des sirènes de la police et des pompiers, qui tournaient et tournaient…

— C'est terrible.

— Ils ont bouclé tout le quartier…

— On n'est plus en sécurité nulle part.

— Mon frère… ça aurait pu tomber sur lui…

— Faut pas y penser… Y a déjà trop de malheur comme ça…

— Dix morts, vous vous rendez compte ? Des innocents qu'avaient rien demandé à personne…

— C'est horrible.

En entendant ses deux voisines discuter en bas de la cage d'escalier, Marion s'est immobilisée devant sa porte, d'abord pour ne pas avoir à les croiser – depuis la mise en circulation des avis de recherche, elle a l'impression qu'on l'observe, qu'on plaint ses cheveux sales et mal peignés dans lesquels elle s'entête pourtant à faire briller ses boucles d'oreilles, comme s'il s'agissait de deux grappins la retenant à l'heure *d'avant*, pire, elle a l'impression qu'on l'accuse, et ne serait-ce que saluer une voisine est au-dessus de ses forces –, ensuite, pour pouvoir écouter ce qu'elles se disent avec tant d'émotion. Elle comprend que quelque chose de grave est arrivé, quelque chose qui n'était pas encore parvenu à son appartement bordélique et solitaire et qui met le monde, au-dehors, en ébullition.

Au mot de « dix morts », elle fait volte-face, enfonce sa clé dans la serrure, ne prend pas le temps de poser son sac qu'elle garde contre elle, en bandoulière, et se rue sur son ordinateur. Elle tape « morts », dans la barre de recherche de Google, rien que ça, et elle obtient précisément ce qu'elle cherche : « L'horreur en plein Paris », « Le massacre des Halles », « Je me suis faufilé parmi les morts, ça m'a sauvé la vie » ; « Fusillade au Forum des Halles : au moins vingt morts » ; « Ils avaient les yeux effroyablement vides pendant qu'ils nous tiraient dessus ». Le souffle coupé, elle survole les titres des actualités, clique sur la photo d'une jeune femme encadrée par deux pompiers – une moitié de visage masquée par sa main, l'autre ensanglantée. Sur une autre, elle voit une multitude de bâches blanches qui semblent avoir été jetées au petit bonheur sur un grand escalier métallique et d'où se dégagent une basket, une main inerte, des cheveux trempés de sang, un gobelet renversé du Starbucks. Derrière, les toits de Saint-Eustache se découpent dans le ciel gris.

Un article du *Figaro* fait maintenant état de vingt-deux morts, comme si les balles continuaient de pleuvoir, et elle se dit qu'il lui faut compter *ses* vivants, et vite. Elle envoie un texto – le même – à Timothée, Antoine et… Adèle, comme elle l'aurait fait du temps où ils étaient encore « nous quatre » : « Où es-tu ? Tout va bien ?? » « Suis en cours. Je fini a 4. », répond Timothée au bout de quelques secondes, puis c'est au tour d'Antoine de l'appeler :

— Allô Marion ? Chuis en réunion, j'peux pas trop te parler… T'es chez toi ?

— Oui.

— OK, restes-y, alors. T'as vu ce qui se passe ? Ils en ont abattu un, mais l'autre a pris la fuite… Dis à Timothée de pas quitter le lycée avant qu'on en sache plus. Le mec est armé, c'est un dingue… Il marque une pause, puis reprend, tout bas, comme s'il craignait qu'on l'écoute : Pas de nouvelles de… euh…

— Non.

— Bon…, dit-il d'une voix éteinte, on s'appelle plus tard.

Cela lui a-t-il traversé l'esprit ? Y a-t-il pensé, lui aussi ? Que les cinq jours de disparition d'Adèle aient pu la mener là, exactement, ce matin, sur le grand escalier en métal qui descend dans le trou des Halles ? Que toute cette quête, les avis de recherche, les insomnies, les allers-retours au commissariat, puissent trouver, par un atroce hasard, leur point de fuite sous une des bâches blanches ? Un travail s'est amorcé sous le crâne de Marion, entraînant des rouages qui produisent des images interdites et de vains calculs de probabilité – combien de chances pour qu'Adèle se soit effectivement trouvée au bord du grand escalier le 15 juin à 10 h 17 ? Une sur un million ? Sur dix millions ?

Il n'y a qu'un seul moyen d'enrayer le mécanisme : savoir qui sont les victimes. Alors elle les cherche sur les pages saturées d'informations du *Monde*, du *Parisien* ; elle jette des yeux effarés à la photo du terroriste abattu – un jeune homme, un gamin, pas plus de vingt ans, un sourire accroché aux commissures des paupières qui semble dire aimablement, gentiment : « mon ami » à la personne derrière l'objectif – au dénombrement des morts – vingt-quatre.

Plus elle fouille et cherche, plus l'écran d'ordinateur s'affole et devient incontrôlable. Des vidéos se mettent en route sans qu'elle les ait commandées : des témoignages de passants en larmes, un spot publicitaire pour le nouveau SUV de Nissan et le visage en très gros plan d'Andie McDowell qui masse son visage sans rides du bout de ses doigts délicats. « Dégage, mais dégage ! » lâche Marion exaspérée en cherchant le bouton pour fermer le pop-up. L'actrice disparaît comme elle était venue, sans même achever sa réplique sur l'acide hyaluronique, et faisant place, enfin, à la seule information qui compte vraiment à cette seconde : « Attentat des

Halles : un numéro vert à la disposition des familles de victimes. »

« Votre attente est estimée à moins de treize minutes », dit une voix dans le téléphone. Marion met le haut-parleur et laisse filer la musique, les notes pleines de friture d'un concerto de Mozart qui s'interrompt et reprend toutes les deux minutes, après une coupure – on croirait un disque rayé : « Votre attente est estimée à moins de treize minutes. »

Marion referme un à un les onglets des sites d'actualité, le fil heure par heure du *Monde*, le dossier spécial du *Figaro*. Que le sourire du tueur, les bâches blanches, les visages ensanglantés enveloppés dans des couvertures de survie disparaissent. Mais les images *interdites* demeurent et pèsent lourd dans sa tête, si lourd que c'en est douloureux. Elle imagine un trépan qui percerait le devant de son crâne, juste au-dessus de l'orbite, et libérerait le trop-plein d'angoisses tapies derrière ses yeux, et qui ont fini par provoquer une migraine. La photo de son écran de veille, une plage quelconque et hors d'atteinte quelque part au bord du Pacifique, devient floue. Il faut qu'elle prenne quelque chose, sinon sa tête va exploser. Elle regarde dans son sac, dans un tiroir de la cuisine. Dans l'armoire de la salle de bains, les pots de crème tombent comme des quilles sous l'action de sa main qui cherche en vain un comprimé. « Ne me dis pas qu'y a plus d'aspirine… »

— Allô ? Allô ? entend-elle alors dans le salon. Quelqu'un a répondu, enfin. Elle court jusqu'à son téléphone en criant :

— Je suis là ! Ne raccrochez pas ! Elle saisit le combiné, essoufflée : Allô ? Vous m'entendez ?

— Oui, répond une voix de femme, douce et paisible, derrière laquelle Marion perçoit le tapage de mille téléphones en train de sonner.

— Bonjour, je voudrais savoir si vous avez la liste des victimes...

— Elle est encore incomplète, mais on a déjà quelques noms.

— Est-ce que vous avez Adèle Percival ? P-E-R-C-I-V-A-L.

— P-P-P..., répète la femme concentrée et on ne peut plus efficace, sans doute, mais c'est si long d'attendre et si douloureux... Marion comprime son front du plat de la main comme si elle pouvait faire reculer la migraine.

— Non, j'ai rien à ce nom-là, madame. Vous êtes inquiète parce que vous n'avez pas de nouvelles d'elle ?

Je n'ai *plus* de nouvelles, depuis cinq jours. Je ne sais pas où elle est... une gamine de seize ans, qui doit passer son bac de français dans quelques jours... ressasse Marion à part elle, avant de se résoudre à dire :

— Oui, c'est ça.

— N'hésitez pas à rappeler dans la journée... pour vérifier.

Marion a appelé le numéro vert quatre ou cinq fois, et à 15 heures, on lui assure à nouveau qu'aucun blessé ni aucun corps ne correspond au nom d'Adèle Percival. Antoine lui dirait que statistiquement, les chances sont infimes pour que le nom d'Adèle apparaisse sur la liste. « Mais comment se fier à un bilan *provisoire* ? », rétorquerait Marion. Alors, pour achever sa démonstration, il sortirait son stylo Mont Blanc de la poche intérieure de sa veste et, sur un morceau de papier, ramènerait le nombre de morts qu'il reste à identifier à la population de l'Île-de-France, sans oublier les touristes, les gens de passage etc., et il finirait par entourer son résultat de plusieurs traits assurés : 0,000000 quelque chose. « Ne gaspille pas ton énergie avec des hypothèses impossibles. C'est pas au Forum des Halles qu'on la trouvera », ajouterait-il ensuite, sa voix faiblissant au fur et à mesure qu'il se rappellerait que le réel a perdu pour lui toute espèce de rationalité depuis qu'Adèle a disparu. « Elle doit être ailleurs. » Mais où est-ce, *ailleurs* ? Sous ses paupières closes, Marion ne peut s'empêcher de lui donner la forme d'une bâche blanche d'où dépasserait une paire de baskets noires.

En passant la porte, Marion fait tinter un carillon que la pharmacienne n'entend pas, trop absorbée par les voix qui s'échappent de la petite radio posée sur le comptoir et qui parlent, encore et toujours, de morts et de blessés. Elle les écoute les sourcils froncés, le regard soucieux, la tête penchée de façon à avoir son oreille presque collée à l'enceinte. Quand elle comprend qu'elle n'est pas seule, elle baisse le volume et fait glisser ses lunettes demi-lunes sur le bout de son nez, pour voir sa cliente plus nettement.

— Pardon… on vit de tels événements…, dit-elle moins pour s'excuser que pour lier conversation et satisfaire cet irrépressible besoin de trouver une part fraternelle chez le premier inconnu qui passe, alors qu'on fusille des passants en plein Paris.

— Quelles sont les dernières nouvelles ? s'enquiert Marion, comme si elle demandait des nouvelles du temps ou d'un parent lointain. Elle se rend compte qu'à vouloir faire semblant d'être comme tout le monde, rationnelle, « normale », sa conduite est inappropriée, et elle regrette déjà la fausseté de sa question, parce qu'au fond elle ne veut pas savoir, sa tête est trop pleine, trop lourde… C'est terrible à dire, et elle peine à se l'avouer, mais elle ne s'apitoiera pas sur les victimes, leurs familles, tant qu'elle ne saura pas où est Adèle.

Une multitude de rides apparaissent sur le front de la pharmacienne, au-dessus de ses sourcils en arc de cercle. « D'où débarque-t-elle, celle-là ? » semble-t-elle se dire, et elle se met à dérouler tout ce qu'elle sait sur un ton rogue :

— Le deuxième terroriste a été abattu porte de la Chapelle, alors qu'il s'attaquait à un commissariat. Trois policiers ont été tués, une femme a été grièvement blessée. Entre ce matin et cette après-midi, ça fait vingt-sept morts. C'est la guerre, madame, conclut-elle sèchement, comme si l'ignorance de sa cliente était un manquement citoyen.

— C'est terrible…affreux…

La pharmacienne ne se laisse pas convaincre par ces mots, qui sont les mots de tout le monde, de n'importe qui. Elle a dû se faire son idée sur Marion, cette indifférence, ce refus de participer à la sidération nationale… INDÉCENT. Et parce qu'il n'y aura pas de conversation, ni d'échange fraternel ou de « serrons-nous les coudes en ces temps si difficiles », elle pointe le nez vers sa cliente, les lunettes prêtes à dégringoler, façon de lui demander ce qu'elle veut.

— Du paracétamol codéiné.

— Vous avez une ordonnance ?

— Euh… non… j'ai une migraine atroce, dit Marion en tâtant la boule qu'elle imagine tumeur purulente derrière l'arcade sourcilière, et, franchement, y a qu'ça qui marche dans ces cas-là…

— Peut-être, mais il me faut une ordonnance.

La pharmacienne croise les bras, on dirait qu'elle se sent puissante des colonnes de tiroirs derrière elle remplis de remèdes auxquels ses clients n'ont pas droit. C'est sûr qu'elle a son idée sur Marion – le genre de bourgeoise qui pense qu'on peut négocier avec son pharmacien, qui se croit au-dessus des règles, c'est ça ?

— Je peux vous donner de l'ibuprofène. C'est pas du tout anodin la codéine, vous savez. Ça crée une accoutumance…

— OK, OK, donnez-moi de l'ibuprofène, s'impatiente Marion.

Le carillon tinte à nouveau, alors que Marion déchire fébrilement la plaquette d'aluminium pour prendre deux comprimés qu'elle va avaler tout rond et que de la radio déborde le flux magmatique des voix : « … crime barbare et inacceptable… », « … l'État islamique a revendiqué les… »

Le calme des lendemains de catastrophe. Le métro a été déserté par la moitié des Parisiens, l'autre moitié bravant les escalators et les rames clairsemées où les passagers se font entre-subir un examen soupçonneux, comme si un regard furtif pouvait vérifier les intentions de chacun. Timothée a fait promettre à sa mère qu'elle resterait à la maison, mais la migraine ne passant pas et les victimes n'ayant pas toutes été identifiées, elle s'est dit qu'elle irait voir la seule personne à ne pas être au courant du 15 juin 10 h 17, la seule à pouvoir peut-être le lui faire oublier : sa mère.

Le calme des lendemains de catastrophe n'est que de surface, l'intranquillité cuisant à gros bouillons, juste derrière. La peur a raidi les voyageurs sur leurs strapontins, elle a replié leurs journaux, refermé leurs livres, supprimé la musique de leurs écouteurs, se dit Marion en observant les usagers du métro. À la station Varenne, elle déchiffre un tag sur le mur carrelé : « Vous n'aurez pas ma PEUR. » Mais la peur les a bel et bien attrapés, non ? Marion sort de sa poche la plaquette froissée d'Advil, elle en tire deux comprimés – les derniers – qu'elle croque comme si c'étaient des bonbons.

Quand Adèle était petite, et que Marion venait la border dans son lit, elle lui attrapait le poignet et lui disait qu'elle n'arriverait jamais à fermer les yeux.

— Pourquoi ? lui demandait Marion en caressant doucement sa main.

— Parce que les cauchemars en profitent pour venir, et qu'après on peut plus s'en débarrasser.

— Les cauchemars ne viennent pas toujours, parfois ce sont des rêves. Tiens… tu sais comment on les attrape ? Il suffit de penser très fort à quelque chose de bon et de beau, comme… euh…

— Une baleine ?

— Oui, c'est ça. Pense à une baleine et à son baleineau, qui dansent dans l'océan. Ferme les yeux, tu les vois ?

Et tous les soirs, Marion lui promettait de beaux rêves de baleines. C'est étrange, mais il lui semble les voir, à travers la vitre, nageant dans des eaux bleu marine voilées par les rayons obliques du soleil, ces baleines qui éloignaient les cauchemars. Elle croit même percevoir leur chant, venu de très loin et comme étouffé par l'onde.

— Je suis désolé mais c'est pas la question ! La question c'est pourquoi des gamins qui sont nés ici, qui ont fait sauter des pétards le 14-Juillet, pourquoi ces gamins finissent avec une kalachnikov dans les mains pour tuer des gens dans la rue ?

— J'vais te le dire, moi. Y a un truc qui marche plus dans notre pays, qui est… qui s'est cassé… Je suis peut-être vieux jeu, mais moi je renverrais tous ces gosses au service militaire, qu'ils apprennent un peu la vie, le sens de valeurs, qu'ils apprennent des trucs concrets – tu sais que j'ai passé mon permis poids-lourd à l'armée ?

Deux hommes d'âge moyen, entrés à la station Duroc, se sont installés à côté de Marion. Ils discutent à voix basse, mais avec un tel transport qu'elle se sent noyée par leur échange. Les baleines ont disparu dans un tunnel du métro, leur chant s'est dissipé, et Marion est de nouveau cernée par ces affreuses voix, les voix de la radio, de la télé, des gens, des voix qui viennent grossir la boule de pus derrière son orbite et qu'elle rêverait de perforer d'un coup de trépan. Montparnasse. Elle sort vite du métro et tout en cherchant sa correspondance, elle prend son téléphone et écrit dans un message qui restera sans réponse les mots qu'elle ne peut pas crier dans les couloirs : « Où es-tu ? OÙ ES-TU ?? RÉPONDS-MOI ! »

— Vous n'êtes pas venue la semaine dernière…

Vanessa, une jeune aide-soignante en pyjama bleu pâle et Crocs fuchsia, ses cheveux rouges attachés par une grosse pince ornée de strass, agite son index sous le nez de Marion, en guise de gentilles remontrances.

— Oui… j'ai été un peu… hum… *débordée*… Comment elle va ?

— Comme d'habitude. Un vrai rayon de soleil. Toujours contente, aimable. Ah çà, s'ils pouvaient tous être comme elle !

Comme d'habitude, donc, elle porte un de ses tailleurs en tweed – le corail avec des surpiqûres vert d'eau – des bas de contention beige et ses chaussons Isotoner en velours léopard. Quand elle voit Marion dans l'embrasure de la porte, elle saisit son peigne imitation écaille et se le passe dans les cheveux, évitant le seul endroit où ils auraient besoin d'être peignés, là où l'appui-tête du fauteuil les a versés. Elle sourit à sa fille et Marion lui trouve, comme à chaque fois, un drôle de visage, maquillé comme il est : de grands aplats de fond de teint trop foncé et mal étalé (elle oublie toujours le haut du front et le menton), qui vieillissent son joli visage. Marion l'embrasse ; elle sent la pivoine, la poudre de riz, la crème pour vieille dame soignée.

« ...Complice présumée des attentats, nous n'avons que très peu d'informations sur Hasn... »

— Oh, Maman tu veux pas qu'on éteigne ça, dit-elle en montrant la télé.

— Non, parce qu'après, tu comprends... c'est... euh...

— Bon, on change de chaîne, alors.

Sur France 2, un homme aux cheveux longs et bouclés épelle « bistouquette » face caméra. Les lettres s'affichent avec un bip sur une grille bleue. Des remous parcourent le public, l'animateur fait mine d'étouffer un rire, un rire qui ne dupe même pas le cadreur qui change immédiatement de cible. Gros plan, donc, sur l'homme aux cheveux longs, qui, lui, n'a pas du tout envie de rire ; son bras plonge dans un globe transparent où circulent des balles de loto, il en tire une qu'il montre fièrement à la caméra et porte le numéro 17.

Pendant quelques secondes, Marion regarde le jeu télévisé, jalousant la frivolité du mot « bistouquette » que le joueur s'est tant appliqué à trouver, la bonhomie de l'animateur, qui n'a pas tant vieilli que ça, sous le maquillage, depuis qu'il présente Motus.

— Je l'aime bien, lui, dit sa mère.

Marion baisse légèrement le son et promène son regard tout autour d'elle ; ses yeux se posent sur le *Paris Match* encore cacheté sous son plastique, le brin de muguet en tissu que Timothée ou Adèle, elle ne sait plus, avait offert à leur grand-mère un 1er mai et qui est fiché depuis des années dans le cadre doré cerclant une photo de leur grand-père.

— Tu n'as pas trop chaud ? Tu veux pas que j'ouvre un peu la fenêtre ? Oh… mais t'en as de jolies fleurs…, dit-elle en soulevant le tronc scié d'une bouteille d'Évian et en pensant qu'il faut absolument qu'elle lui apporte un vase.

— Pardon ?

— Qui t'apporte ces roses ? Elles sont jolies…

— Oui, très. J'ai toujours des fleurs, ici. J'sais pas pourquoi… C'est agréable.

— Qui te les apporte ? répète Marion.

— C'est… oh… son nom va me revenir… C'est… un petit personnage, dit-elle en donnant l'impression d'esquisser une silhouette de ses doigts flottants. Si tu m'avais dit que tu venais, j'aurais préparé quelque chose…

Marion sourit en pensant qu'elle ne « prépare » jamais rien que ce qu'elle et quelques amies fidèles lui apportent ici, des petits chocolats, des chouquettes, des gâteaux – éclairs, Mont-Blanc – qui lui laissent toujours un peu de crème au coin des lèvres. Sa mère cherche cependant ce qu'elle pourrait lui offrir, elle regarde sur sa table de chevet, déplace le téléphone qui ressemble à un jouet pour enfant avec ses grosses touches carrées, et semble soudain se rappeler la présence d'un gros tiroir juste en dessous.

— Voilà, dit-elle, en sortant une boîte d'After Eight, pleine de tuiles en chocolat que le temps et l'oubli ont blanchies. Elle en croque une. — C'est bon, le chocolat avec l'orange.

— C'est de la menthe.

— Oui...Hof... lâche-t-elle en haussant les épaules.

Dans le tiroir resté ouvert, Marion trouve le petit album photo qu'elle feuillette avec sa mère quand elle vient lui rendre visite. Elle tourne les pages et, avec un entrain légèrement surjoué, se charge des commentaires, et des commentaires de commentaires, toujours les mêmes : à propos de son père en col pelle à tarte, Gauloise dans le bec : « Qu'il était beau ! Un vrai acteur de cinéma, non ? Il avait encore des cheveux à l'époque » ; de sa mère, conquérante, sur les marches du palais de justice de Beauvais, ses dossiers volumineux sous le bras, le ruban de sa lavallière qui s'affole dans le vent : « C'est fou qu'on n'ait jamais pu remettre la main sur cette robe... Elle est jolie... » Une robe très seventies, en mousseline de soie blanche à pois noirs, et que l'appel de soutien de Simone Veil, quelques jours plus tard, a rendue célèbre dans la famille, bien que la robe n'y fût pour rien. Une nouvelle page montre des bébés en barboteuse : « Regarde-moi ce gros patapouf d'Adèle... », commence Marion. Mais aujourd'hui Mamy ne la laisse pas poursuivre, elle lui coupe la parole, rompant la routine de la saynète habituelle :

— Je ne sais pas si je t'en ai parlé… Mais ça m'a… euh… Elle cherche ses mots en levant les yeux au plafond, vers le détecteur de fumée, comme s'il n'y avait qu'à les cueillir dessus. – J'ai été… dévastée, oui, complètement *dévastée*, quand Adèle est morte.

Les mots interdits retentissent dans la chambre aux murs rose saumon. Marion sent ses organes, son cœur, ses intestins, chuter brutalement à l'intérieur d'elle ; sa main molle s'agrippe au cadre du lit, elle se demande si elle ne va pas être aspirée vers le centre de la terre, comme si un trou venait de se creuser sous ses pieds.

— Qu'est-ce que tu racontes ?

Elle sait que sa mère a perdu la tête et que derrière son beau visage que le temps n'a pas eu le temps d'abîmer, tout va de travers ; le nom des choses, des gens, s'y efface, de plus en plus vite, inéluctablement. Elle le sait, elle le voit, chaque semaine, quand elle vient avec son ballotin de chocolats et que Mamy lui sourit de son étrange face de clown surchargée de fond de teint, et pourtant, elle ne peut pas s'empêcher de chercher du sens là où il ne peut pas y en avoir.

— Adèle n'est pas… *morte*, de quoi tu parles ?

— Adèle est morte, ma chérie, je sais quand même ce que je… euh… je suis pas totalement… Bon. Elle avait quinze ans, je te dis, et ça m'a dévastée.

— Tu confonds avec Isabelle, maman, ta petite sœur…

— Tu sais, elle est morte sans nous, à l'hôpital. La voix de Mamy est plus sûre, alors qu'elle porte un souvenir ancien, peut-être le dernier qu'il lui restera. — Et on n'a jamais su… jamais…

— Jamais su quoi ?

Marion lui prend la main, la lui caresse, alors qu'elle-même ne sent plus ses doigts engourdis. Elle s'assoit sur le lit, respire à fond et le cœur pas encore rasséréné, relie les pointillés de cette tragédie de l'adolescence de sa mère, la leucémie de sa sœur Isabelle, qu'elle lui a racontée des dizaines de fois.

— Tu n'as jamais su quoi, maman ? répète-t-elle. Si elle avait souffert ?

Sa tête branle légèrement à gauche à droite, devant, derrière, est-ce « oui », est-ce « non », la réponse point avant de disparaître tout à fait.

Mamy

L'église était bondée, et je me souviens de ce que disait mon père en pleurant. Il disait que ce n'était pas normal qu'il y ait une telle foule, car *normalement*, les morts ayant fini leur vie, ils ne sont pas censés manquer à grand monde. Mais Adèle avait quinze ans, elle était au début de la sienne. Elle est morte à l'hôpital, une nuit, sans personne autour d'elle, et on n'a jamais su si…

Avant de reprendre le métro, Marion s'arrête dans un bar tenu par des Chinois : un grand et beau jeune homme, qui sert des bières et des Ricard à des habitués qui n'ont pas l'air d'en être à leur premier verre, et sa sœur, ou peut-être sa femme, qui encaisse les grilles de loto et les paquets de cigarettes. Sa voix énergique domine les lieux. Ici, elle connaît, tutoie tout le monde et, tout en l'observant, affairée, plantée dans des sandales aux semelles épaisses qui la font tenir des journées entières sans s'asseoir, Marion se prend à rêver à une vie qui ne serait qu'une succession de petites actions, une vie sans pensées ni arrière-pensées, sans migraines, une vie où l'on n'attendrait de vous rien d'autre que des bonjours et des centaines de timbres, briquets et cigarettes, du matin au soir.

— Vous devriez pas porter ça, entend-elle alors.

— Je vous demande pardon ?

— Les opales, dit la femme, en montrant ses boucles d'oreilles. Ça porte malheur.

— Ah…, répond Marion, pensant que le malheur est déjà venu.

— Qu'est-ce qu'on vous sert ?

— Un grand café.

— Olive, un double pour la dame ! crie la femme à celui qui doit être son frère ou son mari.

Marion verse dedans deux sachets de sucre – elle n'est pas sûre de l'aimer ainsi, elle a l'habitude des expressos noirs et tassés, mais rien n'est comme d'habitude. Le liquide trop sucré lui fait du bien, tout comme le timbre strident de la patronne et les conversations autour d'elle, inoffensives, sur l'homéopathie ou la puissance d'une moto Yamaha, conversations qui s'estompent subitement dès lors qu'elle aperçoit l'écran plasma accroché en hauteur, dans un angle.

L'écran est loin, les enceintes mal réglées, et pourtant Marion entend très nettement la voix du journaliste de BFMTV posée sur la photo d'un couple faisant la queue à un guichet Eurolines : « Complice présumée de l'attentat du Forum des Halles, Hasna Bellaouar fait l'objet d'un mandat de recherche. Elle aurait quitté le pays quelques jours avant la tuerie. » La photo est une capture d'écran de caméra de vidéosurveillance, sur laquelle les yeux des deux jeunes gens forment des taches noires et brumeuses. Marion croit reconnaître le visage de l'homme au sourire. Celui de la femme est entouré d'un foulard beige qui se fond par de multiples plis au niveau du cou en une longue robe. Cheveux clairs, visage maigre, discerne-t-on vaguement sur l'image. Jeune, bien que son âge soit indéterminé. « Qui est Hasna Bellaouar ? » demande une voix, alors qu'au bas de l'écran se débobine le fil interminable de l'AFP : les résultats de la Ligue 1, la crise du beurre, un baptême princier à Monaco. Une autre répond : « Beaucoup de zones d'ombre entourent le nom d'Hasna Bellaouar. Compagne d'un des tueurs du Forum des Halles, Mohammed El-Badia, et complice présumée des attentats, elle a été vue pour la dernière fois à la… »

— Vous savez où je peux trouver une pharmacie ? demande Marion en se massant l'arcade sourcilière.

— Vous prenez la grande avenue à gauche, là. Il y en a une tout au bout, dit la jeune femme qui, indiquant le chemin sans cesser de presser les touches de sa caisse enregistreuse, fait tressauter le bouddha rieur suspendu à une chaîne dans son décolleté.

En sortant du café, Marion est bousculée par un homme plus tout jeune, en pantalon de velours à grosses côtes, les cheveux fous et grisonnants, et qui marche courbé en avant, sans regarder où il va. Il tient une petite radio dans la main, et alors qu'il présente ses excuses, toujours distrait et sans relever le visage pour voir à qui il s'adresse, Marion entend, s'échappant du transistor : « Qui est Hasna Bellaouar ? »

Elle ne saurait dire quel raisonnement – si tant est que ce soit un *raisonnement* –, quelle suite de choses alors, quelle mécanique intérieure la pousse, la presse même, à agir ainsi, mais le fait est qu'elle se trouve le nez collé à l'écran de son ordinateur où elle vient de télécharger la photo d'Hasna Bellaouar. Elle dirige sa souris vers l'icône « zoom » et clique plusieurs fois, scrutant le visage de la jeune femme qui disparaît à mesure qu'il se propage sur l'écran ; sa peau, son front, ses joues cessent peu à peu de ressembler à de la peau, un front, des joues, mais à une vaste étendue de sable, un désert creusé de profonds cratères remplis d'une eau noire et épaisse – les yeux d'Hasna. Marion dézoome progressivement ; en s'éloignant, le visage refait surface dans ses contours désormais familiers, accompagné d'un brouillage sonore qui rend plus douloureuse encore la boule de la migraine derrière le sourcil droit de Marion.

Il lui faut quelques secondes avant de comprendre que ces dizaines de voix enchevêtrées, des voix de femmes, d'hommes, des voix nettes, murmurées tout contre son oreille ou bien lointaines et diffuses, certaines enrouées, enrhumées, d'autres infléchies par un accent, ne proviennent pas de son ordinateur, mais d'elle-même, de son propre disque intérieur qui répète en boucle : « Qui est Hasna Bellaouar ? »

Antoine

Quelques semaines après la naissance d'Adèle, on a chargé la voiture, sanglé la nacelle du landau sur la banquette arrière et on est partis pour le Midi, tous les trois. On avait réservé dans un hôtel traversé de courants d'air, à côté de Gigondas. C'était en mars, la nature hibernait encore, la terre était grise et recouverte de givre à l'heure du premier biberon. Il faisait un froid à faire éclater les cailloux. On avait installé la nacelle dans la salle de bains qu'on réchauffait au sèche-cheveux. Adèle dormait avec des moufles et un bonnet, et nous, on passait notre temps à demander des couvertures, des bouillottes au type de l'hôtel qui nous trouvait bien douillets et un peu cons, aussi, d'ignorer qu'il fait froid dans ce pays, l'hiver.

On passait une bonne partie de nos journées dans la voiture, chauffage et concertos de Paganini à fond, et on roulait. Je ne sais pas si j'ai été plus heureux que ces jours-là. Adèle qui dormait dans sa nacelle, Marion qui n'écoutait pas la musique, ne regardait pas le paysage – les Dentelles de Montmirail, le sommet du mont Ventoux auquel s'accrochaient des nappes de brouillard et quand elles se dissipaient, je disais : « Regarde ! Il y a encore de la neige, là-haut » –, car il y avait quelque chose de plus merveilleux encore que la neige sur le Ventoux : Adèle, si paisible, si belle, si parfaite, que Marion n'arrivait pas à en détacher son regard.

Ça n'a pas toujours été simple avec Adèle. Il m'est souvent arrivé, le soir, en rentrant, de trouver Marion assise sur le bord du lit, son front dans la main, se plaignant d'une dispute avec notre fille : « Il y a quelque chose que je ne capte pas avec cette gamine. » Un psychologue, il a besoin de tout *capter*, surtout chez les enfants. Alors que bon… il y a tellement de choses qui échappent aux parents. On n'est pas dans leur tête et ils ne nous disent pas tout de leurs petits complexes, de ces petits cailloux qu'ils rapportent de l'école dans leurs chaussures. À vouloir toujours tout comprendre, je pense que Marion se faisait une montagne de la moindre brouille avec Adèle. Elle se posait trop de questions qui dégénéraient en problèmes, puis en crises. Elle s'imaginait des choses… qu'Adèle lui en voulait, qu'elle *ne l'aimait pas*. Oui, elle est allée jusqu'à prononcer cette négation. Elle l'a oublié, mais moi je m'en souviens. C'était quand on a découvert qu'Adèle avait une scoliose ; quelque chose s'est grippé entre elles deux.

Bien sûr que ça me faisait de la peine, mais au fond, je savais d'où venait Adèle, de quelle immense réserve d'amour ; je repensais à ces journées glaciales dans le Vaucluse, à Marion qui était prête à se tordre le cou pour ne pas perdre de vue notre bébé assoupi dans sa nacelle, et je me disais que cet amour-là nous rendait invincibles, que notre famille avait été coulée dans un socle à l'épreuve des chocs et que ce n'était pas quelques petites tensions, des caprices d'adolescente, des broutilles – rien – qui allaient tout foutre par terre.

La photo d'Hasna Bellaouar et Mohammed El-Badia se répète à l'infini dans Google Images, tantôt dans des couleurs jaunies ou bleutées par un filtre quelconque, tantôt en noir et blanc, tantôt légèrement recadrée, pour isoler un détail illisible ou l'un des deux visages, tantôt marquée par le logo d'une chaîne de télévision, tantôt complètement floue – les taches des yeux et l'ombre portée au-dessus de la lèvre supérieure d'Hasna bavant comme de l'encre sur son portrait –, voire pixelisée.

De temps à autre, Marion clique sur l'une d'elles, et se voit alors proposer de nouvelles photos, celles du grand escalier du Forum des Halles où les bâches ont été remplacées par des milliers de bougies, roses, bouquets, dessins, messages, ours en peluche, celles de la maire de Paris, le visage sévère et recueilli, tenant une rose blanche dans ses poings serrés, ou d'un rassemblement nocturne place de la République, où Marion lit encore sur des pancartes cette affirmation à laquelle elle n'arrive pas à croire : « Vous n'aurez pas ma peur. »

Les photos défilent au fur et à mesure que Marion fait rouler la molette de la souris, indéfiniment, sans savoir ce qu'elle cherche – sans oser s'avouer ce qu'elle cherche ? –, quand une vignette au bas de l'écran, qui diffère de toutes les autres par ses couleurs et les silhouettes qui s'y dessinent, attire son regard. Ce doit être *eux*, se dit Marion, mais pas à la gare routière ; ils sont dans un salon, assis sur un canapé gris, ont l'air de sourire. Elle hésite avant de cliquer dessus, peut-être parce qu'au fond d'elle, elle sait *déjà*. Elle sait qu'il n'y aura pas de retour en arrière, et qu'alors les pensées interdites cesseront d'être des hypothèses pour devenir la *réalité*, une réalité insensée, incompréhensible, mais irrécusable. La flèche de la souris tremble sur la vignette. Marion hésite encore. Elle sent son œil droit diminué sous la pression de la migraine qui se propage dans son front et ne cesse de nourrir la boule qu'elle imagine énorme – une boule de pétanque. Clic gauche. Pour la première fois, le visage d'Hasna Bellaouar est net. C'est celui d'une très jeune fille aux yeux noirs, que Marion met quelques secondes à reconnaître, à cause du foulard qui entoure son visage, du sourire qui était devenu si rare, et des taches noires qui envahissent subitement son champ de vision, comme des chauves-souris qui auraient pris leur envol dans une grotte.

Entre les taches, Marion examine le nez court

et un peu large, le menton légèrement carré qui entraîne la mâchoire en avant, les joues creuses et qui pourtant laissent entrevoir une ossature solide. Elle voudrait croire que les visages ne sont que des combinaisons de caractéristiques et que, face à deux combinaisons semblables, l'œil peut être facilement confondu, que des milliers, des millions de jeunes filles possèdent ce menton, ce front, ces yeux-là, agencés de cette manière ; elle voudrait se dire que l'erreur est possible et même hautement probable, mais elle l'a reconnue. Le grain de beauté sur la joue droite, cible préférée des baisers de l'enfance, les yeux noirs ourlés de longs cils si… inflammables, si prompts à déclarer la joie ou la fureur. Qu'a-t-il bien pu se passer pour qu'ils se retrouvent là, souriants, au côté de l'homme le plus détesté de France ?

Marion prend son portable et presse son index sur le numéro qui revient le plus souvent dans l'historique, celui de Franck Graziani – elle connaît son nom maintenant –, officier de police judiciaire. Les taches noires reviennent dans son champ de vision, mais elle ne se laisse pas perturber, de la même manière que les larmes n'infléchissent pas sa voix, quand elle dit :

— Monsieur Graziani ? Ici Marion Percival. J'ai du nouveau concernant Adèle.

Elle ne se souvient pas de ce qui s'est passé après, s'ils se sont parlé ou même vus, si elle est sortie de chez elle, si elle a appelé Antoine, Timothée ou sa mère. Elle se souvient seulement de cette sensation brutale à l'intérieur de son crâne, comme un coup de feu qui claque, et de l'obscurité qui s'ensuivit, les tâtonnements jusqu'au canapé où elle s'allongea avec l'impression qu'un liquide chaud et épais s'écoulait de ses oreilles et détrempait le coussin où sa tête reposait.

À quatre pattes sur le sol humide, Marion gratte la terre énergiquement. Elle lève de temps à autre les yeux vers le ciel nocturne – étonnée de ne pas y trouver une seule étoile, ni même la lune – peu importe, elle continue son œuvre, frénétiquement. Elle se casse un ou deux ongles ; de la terre lui rentre dans les narines, les yeux, la bouche, elle la crache, l'essuie de ses doigts sales, sans cesser de creuser, encore et encore. Une cavité se forme bientôt, suffisamment grande pour qu'elle puisse s'y glisser. La terre est meuble, douce et chaude, et Marion, rampant, grattant, s'y ménage une galerie qui descend toujours plus bas dans les profondeurs. Elle sent des insectes, scarabées, bousiers, parcourir ses bras nus, et des cloportes s'emmêler dans ses cheveux. L'obscurité est totale, et pourtant, ses yeux grands ouverts ne perdent rien des larves blanches qui constellent les parois de la galerie, ni des zigzags luisants des vers de terre.

Il n'y a plus d'oxygène depuis longtemps là

où elle se trouve, et elle respire difficilement, mais elle sent toujours ses poumons se gonfler et se dégonfler, par saccades, à mesure qu'elle s'enfonce sous terre, et que la terre, les graviers, les acariens tapissent ses muqueuses, à l'intérieur de son nez et de sa bouche.

Elle ondule maintenant, les bras le long du corps, elle nage, prenant garde d'éviter les racines qui lui écorchent par moments les yeux et les tempes. La terre devient plus rare, remplacée par les cailloux, d'où surgissent des insectes de plus en plus laids et cornus, des scorpions au dard turgescent, des millepattes cyclopes avec un seul œil bombé sur le devant de la tête, qui essaient de pénétrer ses oreilles, ses narines. Elle crache une sorte de puce, énorme, à la carapace laiteuse et translucide, et se rappelle alors qu'elle a toujours redouté de soulever les pierres ou les feuilles dans les sous-bois, par peur de la vie velue et grouillante qui s'y épanouit. Une pince agrippe ses cheveux ; un serpent jaune, tombé d'on ne sait où, s'écrase sur le sol. Elle voudrait sortir de là, qu'on la libère, elle suffoque ! Mais elle poursuit sa course dans la galerie qui se creuse d'elle-même, aspirée par ce monde souterrain. Des centaines de larves phosphorescentes nichées dans les parois lui éclairent la voie, comme autant de chandelles, et à leur lumière, elle remarque, incrustés dans la roche, une rose blanche, fanée, et des dizaines de papiers aux contours calcinés, ou bien sales et poussiéreux, couverts de mots que Marion n'arrive pas à déchiffrer. Les battements de ses pieds s'accélèrent ; elle ne sait pas jusqu'où elle peut aller comme ça, elle sait seulement qu'elle doit s'y rendre au plus vite. Au plus vite.

— Oui, je lui dis de te rappeler au plus vite.

Marion ouvre les yeux et la longue silhouette de Timothée, téléphone à la main, apparaît derrière un voile de brouillard qui se dissipe alors qu'elle se réveille. Elle n'a aucune idée de l'heure qu'il est, ni même du moment qu'elle est en train de vivre dans cette longue suite de jours qu'est sa vie, et le plus terrible, c'est qu'à la seconde où elle pourrait savourer la douceur de l'ignorance et de l'oubli, tout lui revient. Le visage de Timothée le lui rappelle, sa peau grise, ses yeux secs mais étrécis par les larmes qui ont coulé quand il a compris, lui aussi, et qu'il a dû se demander : « Adèle… Qu'est-ce qui t'est arrivé ? »

— Qu'est-ce qu'on va faire ? lâche-t-il alors, d'une voix disloquée. Et il regarde sa mère comme il ne l'a plus fait depuis un siècle, avec cette confiance des petits enfants qui ne doutent pas que les adultes *savent* quoi faire.

Mais les mains de Marion se mettent à trembler comme des feuilles prises dans le vent. Elle les regarde un instant, paniquée, avant de les écraser sous ses cuisses, ce qui ne calme pas vraiment les tremblements qui gagnent ses bras, sa gorge et même ces mots qu'elle murmure et qui n'apaisent rien, bien au contraire : « Je ne comprends pas, je ne comprends pas… » Il faudrait du calme, pour réfléchir, « poser les choses à plat », mais on dirait que la pièce tourne autour d'elle, ainsi que les meubles, les objets, les cadres photo, emportés dans un tourbillon dans lequel se mêlent des images d'Adèle, Adèle tenant dans ses bras le chat des voisins dans le Périgord, Adèle petite fille, jouant à la corde à sauter, Adèle roulant dédaigneusement des billes de mie de pain entre ses doigts alors que Marion demande, la bouche pleine : « T'aimes pas le hachis Parmentier ? », Adèle applaudie pour avoir soufflé toutes ses bougies, Adèle pas encore tout à fait réveillée, son front et ses tempes humides de sueur et ses deux petites mains potelées agrippées au biberon, Adèle souriant, Adèle pleurant : « Ah c'est pas de chance, une fille laide et difforme. C'est pas ce dont tu rêvais, hein ? » Et alors que les images défilent de plus en plus vite, lui glissent sous les yeux, sans qu'elle puisse les arrêter pour les examiner posément, Marion entend :

— Papa est en train d'arriver.

L'applique au-dessus du miroir diffuse une faible lumière, un peu grise, dans la salle de bains. Marion a pris la boîte de Lexomil ; elle en tire une barrette et, de ses doigts aux ongles courts, sectionne un quart de comprimé qu'elle tend à Timothée.

— Rien que pour ce soir, ça va t'aider à trouver le sommeil.

Le comprimé dans le creux de sa paume, il est mal à l'aise, voudrait résister ; il se demande peut-être si c'est *bien* d'avaler ce truc de dépressif insomniaque.

— Faut vraiment que tu dormes, insiste Marion, avant d'ajouter : Tu sais, t'es pas obligé d'aller au lycée demain… ils comprendront…

— Si, justement, c'est bien que j'y aille.

D'un coup sec, il envoie le comprimé dans son gosier et se penche sous le jet du robinet pour le faire glisser. « Bonne nuit », lâche-t-il, une habitude qui devient un non-sens, car il doit savoir qu'ils ne dormiront pas, ou alors très mal, et que la nuit et toutes les autres qui suivront seront une épreuve pour eux.

Antoine est toujours dans le salon, assis sur le canapé, le regard flottant au-dessus d'un carton de pizza à laquelle ils ont à peine touché et les doigts emmêlés dans les franges de la courtepointe indienne. Ils n'ont pas échangé grand-chose ce soir, à part des gestes, des étreintes désespérées. Marion se rassoit à ses côtés, lui prend la main – ce qu'elle n'aurait jamais osé faire il y a encore quelques jours –, et lui demande avec cette même audace, celle que provoquent les sales événements :

— Pourquoi t'es parti ?

C'est pas la question… semble-t-il penser, mais Marion soutient son regard, comme pour l'obliger à répondre, parce que justement, c'est *la* question. Les choses auraient-elles été différentes s'il était resté à la maison ? Adèle aurait-elle cessé de parler, de partager leurs repas ? Y aurait-il eu la chanson de Jeff Buckley et les sinusoïdes multicolores sur l'écran de l'ordinateur ? La chambre vide ? Franck Graziani et les avis de recherche ? En fait, elle voudrait savoir s'ils ont eu, à un moment ou un autre, la possibilité – le choix – d'empêcher tout ça.

— Toi aussi, tu es partie… dit Antoine.

Oh non, pense-t-elle, elle n'est pas partie. Et s'il veut parler de Kristof, c'est qu'il n'a rien compris, mais alors rien du tout… Elle se sentait tellement seule, délaissée… Antoine lui-même en convenait… quand il parlait des autres, *autrefois* : « Un mec qui rentre du boulot tous les soirs à 11 heures c'est qu'il a pas envie d'être chez lui. » Jamais elle n'aurait accepté l'invitation de Kristof, ses bières chaudes, sa connerie de playlist italienne, si Antoine n'avait pas été si absent – fuyant ? C'est injuste, se dit-elle, et pourtant la voilà qui s'excuse :

— Je suis désolée, lâche-t-elle en larmes, ne comprenant pas comment celle que ses amies de fac ou son père disaient grande gueule, forte fille, en vient à se ratatiner en excuses, alors que les torts sont largement partagés, jusqu'au moment où elle se rappelle qu'il en a souvent été ainsi avec Antoine, c'est même quelque chose qu'elle lui enviait, cette façon d'avoir *naturellement* raison et de s'épargner, le plus possible, tout sentiment de culpabilité.

Elle sent alors la caresse de sa main qui replace une mèche de cheveux derrière ses oreilles et c'est si doux, si doux, qu'elle ferme les yeux et pose sa joue dans le creux de sa paume.

— Ne parlons pas de ça, tu veux ? dit Antoine,

alors que sa main glisse sur sa nuque, puis sous son T-shirt, où elle gagne son épaule et que Marion se rapproche de lui, de plus en plus près, jusqu'à sentir le souffle qui s'échappe de ses lèvres, puis ses lèvres, et enfin va chercher sa langue avec la sienne.

Dans le creux de son cou, elle respire le vétiver et le tabac froid – une odeur qui lui a toujours répugné chez les autres et qu'elle se souvient avoir traquée dans l'appartement, les placards, le lit, les oreillers, au moment où Antoine est parti, espérant peut-être l'enfermer dans une capsule. Alors qu'elle embrasse ce parfum, qu'elle le retrouve tout autour de son cou, sous les boutons de sa chemise, dans les poils grisonnants de son torse, elle tente, les paupières serrées à fond, d'échapper au temps présent, de faire comme si les années n'avaient pas passé. Elle est comme une gamine qui s'attendrait à s'envoler dans les airs après avoir prononcé quelque formule magique. Mais le présent ne cède pas ; elle le comprend au regard d'Antoine qui l'invite à aller dans la chambre, au cas où Timothée surprendrait ses propres parents en train de s'embrasser.

Ils sont un peu maladroits dans le lit. Marion a gardé ses vêtements et Antoine son pantalon, pas vraiment par gêne ou par pudeur, mais parce que la fougue ne se commande pas, ni le désir, ni la moiteur des chairs, les soupirs et l'extase ; ils veulent croire, sans doute, qu'ils pourront les rappeler, comme avant, quand ils faisaient l'amour rapidement, intensément, et que ce n'était ni l'heure, ni le lieu, mais quelque chose les retient, ralentit tous leurs gestes, les rend même idiots, à contretemps, et quand Marion se décide enfin à prendre le sexe d'Antoine dans sa main, elle croirait un fruit trop mûr en train de pourrir au soleil.

— Attends… J'y arriverai pas, dit-il.

Il soulève ses fesses pour remonter son pantalon, reboutonne sa braguette furtivement alors que Marion a tourné le dos. Quand est-ce que tout s'est mis à foirer chez eux ? pense-t-elle, en tirant un pan du rideau de la fenêtre. Ses yeux sont attirés par la nuit au-dehors et par les lumières qui brillent dans l'immeuble d'en face. Elle aperçoit un homme et une femme qui dansent un tango maladroit ; elle les observe avec envie. On dirait qu'ils s'amusent de leur balourdise, car de temps en temps l'un ou l'autre renverse la tête en arrière, comme secoué de rires.

Derrière son dos, il lui semble entendre Antoine pleurer.

Avec de faux papiers, elle avait rejoint Genève dans un car Eurolines, de là pris un avion pour Istanbul, puis encore un autre direction Hatay, non loin de la frontière syrienne. C'est là que sa trace – ses longs cheveux clairs dissimulés dans un hidjab et ses yeux, deux immenses iris noirs tels que les intercepta une autre caméra de vidéosurveillance – se perdit. Certains journaux racontaient qu'elle s'était rendue à Reyhanli, une petite ville où, il n'y a pas si longtemps, les habitants aimaient à se promener au milieu des pistachiers, longeant les cascades qui bordent le Yenisehir Golu, où plus personne désormais ne se risquait à louer une barque. Les bombes étaient passées par là.

Des immeubles de six étages avaient été entièrement scalpés, laissant voir, au travers de leurs grandes ouvertures béantes, les restes de vies qui avaient disparu ou fui : des bicyclettes carbonisées, des téléviseurs qui avaient fondu, des tessons de vaisselle éparpillés dans la poussière, et, parfois, un objet intact, un drap de bain sur une corde à linge montrant Mickey le pouce levé, clignant de l'œil, ou un lapin en peluche qui avait atterri dans un petit mihrab domestique dont il ne restait rien, sinon un trou dans le mur.

On prétendait qu'Adèle avait passé quelques jours dans cette ville meurtrie, qu'elle avait fait son chemin au milieu des réfugiés syriens (on les accusait de venir en Turquie les poches pleines de la merde de leur pays, et ils marchaient la tête basse dans les rues, de peur d'être passés à tabac), des profiteurs de guerre qui vendaient leurs explosifs sur des étals à ciel ouvert, comme au marché, des djihadistes venus des quatre coins de l'Europe et qu'on disait surveillés par les espions du régime de Bachar al-Assad. On racontait qu'elle s'était trouvé une chambre d'hôtel et que, là, elle avait attendu d'être contactée par un combattant de l'État islamique avant de passer la frontière.

On racontait tout un tas de choses sur elle – certains l'imaginaient même armée sous son hidjab –, Adèle qui ne savait que le français et quelques mots d'anglais, Adèle qui n'était encore jamais sortie d'Europe et qui, petite fille, s'était tassée sur son siège, prise de vertige, alors que son père lançait, ses dix doigts en éventail sur le volant : « Les enfants, on traverse la frontière ! » Ils allaient à Bruges. Longtemps, le hissage de la barrière rouge et blanche sous les yeux indifférents d'un policier en uniforme, son arme de service bien visible dans l'étui en cuir blanc qu'il portait ceinturé à la taille, avait été l'événement le plus intense de sa vie.

Elle avait donc passé la frontière et était désormais de « l'autre côté », et, pour ceux qui en auraient encore douté, forcément coupable.

Le visage d'Hasna Bellaouar était partout, en très grand format, au dos des kiosques à journaux, roulé dans un sac à main, en une de *L'Express,* ou imprimé dans *20 minutes,* chiffonné et jeté dans une poubelle sur un quai de métro. Sur les écrans de télévision, aussi. C'était toujours les trois mêmes photos qu'on diffusait, avec une sorte d'acharnement, comme si on allait enfin pouvoir comprendre ce qu'elles cachaient, à l'usure. Et quand ce n'était pas ce visage qui se répliquait, encore et encore, c'était son nom qu'on répétait, jusqu'à l'écœurement. « Hasna Bellaouar, la fiancée du djihad » ; « Le mystère Hasna » ; « Comment devient-on Hasna Bellaouar ? » « Qui est vraiment Hasna Bellaouar ? ». Plus les jours passaient, plus les questions des gros titres, qui demeuraient sans réponse, gonflaient, se boursouflaient comme sous l'action d'une lèpre, et les journalistes affluaient, toujours plus nombreux, toujours plus agités, en bas de l'immeuble de Marion.

Elle les regardait depuis sa fenêtre, les comptait : deux à 9 heures, cinq à midi, quatre à 17 heures, mais dix une heure plus tard. Certains étaient munis d'encombrants sacs à dos – et l'idée qu'ils pussent contenir du matériel photo la pétrifiait, cachée derrière le rideau –, d'autres venaient les mains dans les poches, ou parfois avec des cafés, pour rompre l'attente, cafés qui étaient accueillis avec de grands sourires et des gestes de gratitude. Sa rue était devenue leur rendez-vous, et elle ne les haïssait que plus.

Quelques-uns, un certain nombre en fait, parvinrent à se procurer son numéro de portable : Annie Verne du *Parisien*, Sabrina Belkacem du *Monde*, Brice Wargnier de BFM. Ils lui laissaient des messages polis, lui proposaient une rencontre autour d'un café, à l'heure et l'endroit qui lui conviendraient, comme si rien ne pouvait être plus agréable que de *parler d'Adèle*, comme une journée à la campagne ou une sortie en mer. Elle se demanda si Annie n'était pas cette petite femme rousse aux cheveux courts qu'elle avait vue plusieurs fois en bas de chez elle. La cinquantaine, des bras musclés de boxeuse dépassant d'un T-shirt aux couleurs passées et le téléphone jamais loin de son oreille. Marion effaça tous ses messages.

Un homme traverse la rue à reculons, la tête en l'air, la main en visière pour se protéger du soleil et compte les étages de son index pointé. Marion semble presque l'entendre dire « Ça doit être là ». Son doigt montre la fenêtre du salon ; peut-être voit-il le rideau qui bouge et l'ombre de Marion se précipiter loin derrière pour échapper à son regard. Au même moment, elle entend des voix dans la cage d'escalier et elle est sûre que ce sont *eux*, en train d'interroger les voisins, et que bientôt, leurs pas lourds retentiront dans les étages et qu'ils tambourineront à sa porte, comme dans une descente de police : « Ouvrez ! On sait que vous êtes là ! »

Antoine lui a dit qu'il fallait qu'elle leur réponde, que c'était le seul moyen pour qu'ils la laissent tranquille :

— Donne-leur ce qu'ils veulent. Une ou deux interviews et puis ça se tassera…

— Mais tu sais ce qu'ils veulent ?

— Ils sont comme tout le monde, ils veulent comprendre…

— Non, ils veulent un *coupable*. Ils veulent savoir quel genre de tarée est la mère d'Hasna Bellaouar.

— C'est pas un tribunal, ils cherchent juste…

— Alors dis-moi pourquoi ils t'appellent pas, *toi* ? Pourquoi ils n'ont même pas cherché ton adresse ?

— Je sais pas, parce que…

— Parce qu'ils pensent que… qu'à l'origine… sa voix s'est mise à trembler – à l'origine, il y a la mère, c'est le point de départ, la cause de tout…

— T'es bien placée pour savoir que c'est des conneries.

— Oui mais c'est ce qu'ils croient. « Comprendre » pour eux, ça revient à ferrer le coupable. C'est-à-dire moi.

Le silence est revenu dans la cage d'escalier et Marion fait quelques pas vers la fenêtre, prudemment, comme si elle devait pénétrer dans une maison en flammes. Dans la rue, les journalistes se sont dispersés. Il n'en reste que deux, qui semblent eux aussi sur le point de partir. C'est alors qu'elle remarque Timothée, son gros casque audio autour du cou, à quelques mètres de la porte d'entrée. Il est en train de parler à un jeune homme qui porte dans le dos, imprimé sur son T-shirt, le visage de David Bowie. Timothée a sorti son portable et y note quelque chose sous sa dictée, sans doute un numéro de téléphone. Ils se serrent la main, puis le jeune homme a ce geste très familier de poser la sienne sur son épaule. Marion sait qu'elle ne peut pas en vouloir à son fils de se laisser manœuvrer, *toucher* ! par un étranger, un de ces connards qui prospèrent sur les malheurs des autres, mais la colère est là, qui souffle en elle des bouffées de haine. Pour un peu ses mains chercheraient quelque chose à casser, n'importe quoi, l'aiguière en cristal dans la bibliothèque, le petit cadre ovale avec leur photo de mariage. Elle se demande maintenant ce qui va se passer alors que Timothée approche de l'entrée de l'immeuble, où les deux journalistes sont encore là. Elle les voit échanger quelques mots tandis qu'il tape les touches du digicode. Qu'ils osent seulement feindre un geste de sollicitude envers lui et elle ouvrira la fenêtre pour leur cracher des insultes, leur crier que leur vie ne leur appartient pas, qu'ils ne se laisseront pas approcher, ni prendre en photo, comme des putain de bêtes sauvages dans un zoo. Mais cette fois, Timothée ne donne pas suite, il fait « non » de la tête, et semble s'excuser de ne pas pouvoir les renseigner. Elle guette ses pas dans l'escalier et l'attend juste derrière la porte, de façon à lui tomber dessus à la seconde où il mettra sa clé dans la serrure.

— JE NE VEUX PAS que tu parles aux journalistes, articule-t-elle moitié criant, moitié chuchotant. Puis elle déglutit ensuite fortement, comme si ça pouvait défroisser ses cordes vocales.

— J'leur ai rien dit.

— Ils vont essayer de te gratter l'amitié, d'être sympas, gentils et tout, mais faut que tu saches que la seule chose qu'ils espèrent, c'est faire un papier bien dégueulasse, bien sensationnel sur la famille d'Hasna Bellaouar.

— J'ai rien dit ! se défend-il, exaspéré. J'ai même menti. J'ai dit que j'habitais pas ici.

— Et le gars avec qui tu parlais, le type avec le T-shirt David Bowie ?

— Parce que t'as qu'ça à foutre ? Te cacher derrière les rideaux et espionner ce qui se passe en bas ? T'as pas mieux à faire, genre retourner bosser ?

Marion se laisse retomber sur le canapé et Timothée sent que ça va recommencer, les sanglots, la migraine, le comprimé pour noyer tout ça, l'inévitable insomnie. Il est peut-être encore temps d'éviter la crise, alors il s'approche doucement de sa mère et prend sa voix la plus tendre pour essayer d'effacer les marques de sa colère :

— Regarde-toi Maman, t'es pas sortie depuis trois jours, tu peux pas vivre comme ça…

Il promène ses yeux fatigués autour de lui et Marion y reconnaît son propre regard, quand, il y a encore peu de temps, elle entrait dans la chambre de son fils et toisait d'un air dégoûté ses caleçons sales jonchant le sol et les pots de yaourts zébrés de moisissures recrachés par la corbeille à papier.

— J'ai… j'ai pas la force… pas l'envie de vivre autrement, répond-elle en hoquetant.

— En attendant faut arrêter la parano… Le type que t'as vu en bas, c'est Édouard, le mec du bar en face du lycée. C'est un pote, c'est tout.

Il réfléchit quelques secondes durant lesquelles le fil de ses écouteurs s'enroule, se déroule et ainsi de suite, autour de son index.

— C'est peut-être horrible ce que je vais dire, reprend-il, mais je laisserai pas Adèle me pourrir la vie. Je comprends pas ce qui s'est passé, ce qu'elle est allée foutre là-bas, sous les bombes, avec *ces gens*, des tueurs, j'le comprends pas et ça me rend dingue ! Toutes les nuits, je la vois entourée de mecs cagoulés avec une kalachnikov dans les mains, et c'est tellement, tellement ! violent que je sais que ça pourrait me tuer, à la longue. Mais je la laisserai pas faire, tu entends ? Maintenant, je me dis qu'il faut que j'apprenne, que… que j'essaie, en tout cas, de vivre sans elle.

— Elle pourrait revenir… et alors…

— Et alors rien ne serait comme avant. C'est trop tard.

Édouard

Les parents me détestent. Ça les fait enrager que leurs mômes fuient la cantine pour bouffer des burgers décongelés et boire des Coca sans soif. Mais les gamins m'aiment bien. Ils me voient comme une sorte de grand frère. Ils me racontent leur vie. Je leur fais crédit. Certains en abusent et dans ces cas-là, je change de ton direct, j'en ai même menacé un d'appeler les flics. C'était pas bien méchant, mais à cet âge-là, ils croient encore que l'argent ça pousse sur les arbres.

Adèle… Bien sûr qu'elle venait, Adèle. Pour le baby-foot et les bonbons. C'est fou ce qu'elle engloutissait comme Fraises Tagada… Et puis, elle s'est faite plus rare, et elle a définitivement cessé de venir. Je demandais à ses copines :

— Qu'est-ce qu'elle a Adèle ? Elle aime plus le baby-foot ?

Les filles se contentaient de hausser les épaules, comme si elles s'en foutaient. J'ai compris qu'Adèle avait quitté leur cercle. C'est des choses qui arrivent, assez souvent même, alors j'y ai pas prêté plus d'attention que ça. Ce n'est qu'après, après les attentats, quand sa photo s'est mise à circuler partout, que j'ai commencé à gamberger et que je me suis dis que quelque chose ne tournait pas rond avec cette gamine. Faut toujours que les signes... euh... comment on appelle ça déjà... les *signes avant-coureurs*, voilà ; eh ben faut toujours qu'ils se révèlent avec trois plombes de retard.

Par exemple, je me souviens d'un jour, je saurais pas dire quand c'était exactement, à part qu'il y avait de la buée sur les vitres et qu'il devait faire froid dehors. Adèle est venue avec une de ses copines, Sarah, une de celles qu'elle a arrêté de voir, justement. Elles se sont installées dans un coin, Sarah a commandé un soda et Adèle un verre d'eau. D'habitude, elle prenait toujours un petit sachet de bonbons, mais là, rien. Et à partir de ce jour-là, il me semble qu'Adèle n'a plus jamais rien consommé chez moi. C'était pas une question d'argent parce que même les crocodiles en gélatine que je donne à mes clients avec le café, elle les refusait. J'ai pensé qu'elle faisait un régime... une fille maigre comme elle. Ça n'avait pas vraiment de sens. C'est étrange comme certaines situations absurdes trouvent leur cohérence sur le moment, comme si on les voyait par le biais d'un miroir déformant.

On a parlé de « conversion » pour Adèle, mais ça se voit pas comme le nez au milieu de la figure, une conversion, enfin, pas forcément. Qui, parmi ses profs, ses amis, pourrait dire : « Je savais » ? À mon avis pas grand monde. Elle était discrète, clandestine, déjà. Bien sûr, si on veut trouver des indices, il y en a, mais ça n'aidera pas la justice à lui mettre la main dessus – peut-être à mieux comprendre ce qui s'est passé ?

Je me dis qu'après tout ça, les mômes, je les verrai plus pareil. Je les croyais transparents, parce que je grillais leurs petits mensonges, que je les voyais venir à deux kilomètres avec leurs plans drague super lourds, ou que je savais interpréter leurs cris au baby-foot, qu'ils soient de pur triomphe ou qu'ils disent la jalousie, la rancœur. C'est sûr… depuis, j'ai perdu mon innocence, et, dans mes yeux, eux la leur.

Vous voulez savoir ce que j'entends par *indices* ? Eh bien, je veux parler de cette austérité dans laquelle elle a plongé petit à petit, pas seulement ses fringues – cent pour cent noires –, mais aussi cette façon de ne rien désirer d'autre qu'un verre d'eau du robinet, quand les autres commandaient des Sprite et des Coca, et cet air dégoûté qu'elle prenait quand je lui proposais des crocodiles Haribo, comme si j'y avais mis je ne sais quelle merde. Et puis, un jour, cette conversation, complètement lunaire, avec Sarah, sur leur avenir. C'était l'année du bac de français pour elles, vous savez ? Et elles me parlaient de Voltaire comme d'un vrai chieur et de Rousseau comme d'un pauvre type ; je leur disais que dans même pas deux ans, tout ça serait fini, elles pourraient choisir d'étudier ce qui les intéresse.

— Moi j'ferai pas d'études, a tranché Adèle.

Sarah s'est retournée vers elle, étonnée. Dans leur milieu, on envoie des dossiers pour les prépas, on s'inscrit à la fac, on a un projet « sérieux » pour après le bac. Et elle la regardait à la fois avec crainte et une pointe de jalousie, je pense, parce que c'est hyper original de dire qu'on va pas faire d'études, plus que de vouloir devenir psychomotricienne. Je me suis demandé si c'était pas de la provoc de la part d'Adèle, une envie passagère, en tout cas.

— Pourquoi tu veux pas étudier ?

Elle m'a sorti le discours habituel genre « À quoi bon ? Qu'on ait un diplôme ou pas, on se retrouve au chômage… » et bla bla bla. Je lui ai dit que c'était pas tout de trouver un travail, que ce qui comptait c'était surtout d'avoir *les moyens* d'en décrocher un qui te plaise. Moi, j'ai pas fait d'études, alors je sais de quoi je parle. Je sais que c'est ça qui te rend libre, qui te donne du pouvoir. J'ai essayé de lui faire comprendre.

— C'est pas moi le patron, ici. Je suis juste le serveur. Et tous les étés quand ça ferme, eh ben plutôt que de partir en vacances, je vais bosser dans un mini-golf à côté d'Avignon. Si ça se trouve, je ferai jamais autre chose de ma vie.

— Ouais, mais toi t'es un mec, alors c'est différent, a-t-elle répondu.

— Comment ça ?

— Ben… faut que t'aies un vrai taf. Les filles, elles peuvent avoir un projet différent, devenir des épouses, des mères…

Les mains de Sarah se sont mises à battre l'air comme des petits éventails ; elle a fait mine de s'étrangler avec son Sprite comme si elle allait le recracher par les narines. C'était du cinéma, tout ça. En fait, elle n'était pas tant choquée qu'amusée.

— À seize ans, c'est ça ton rêve, genre… euh… faire la cuisine et torcher des gamins ? Okaaaay… elle a dit pour conclure, les yeux exagérément écarquillés.

Le visage d'Adèle s'est subitement fermé ; je sentais qu'elle regrettait de s'être dévoilée et alors, la conversation est repartie à la case départ : la crise, le chômage et tout… C'était quoi l'intérêt de faire du droit ou de la philo si c'était pour pointer à Pôle Emploi ? Avec l'index et le majeur, elle mimait des petits crochets pour montrer qu'elle mettait des guillemets à « droit » et « philo », comme si la nature même de ces disciplines était complètement surestimée, comme si c'était un truc de prétentieux, de… de *vaniteux* de « faire du droit ».

Je l'ai plus revue, après. Enfin, je crois pas. Depuis les événements, j'arrête pas de me repasser le film. Elle en avait trop dit pour se repointer au café, vous pensez pas ? Je dis pas qu'elle savait pour l'attentat et tout, mais qu'à ce moment-là, elle avait déjà pris la tangente. Elle était entrée en clandestinité.

Sarah

Mes parents me harcèlent au sujet d'Adèle... Et ma sœur... elle a que ce nom-là à la bouche : Adèle, Adèle, Adèle. Mais j'la connaissais pas si bien. Elle est venue, quoi ? deux ou trois fois à la maison... Et encore jamais toute seule, mais avec Chloé. Chloé était proche d'elle. Pas moi.

Il paraît qu'en troisième, elle a tagué la voiture d'un prof de sport. « Gros pervers », elle avait écrit, ou un truc du genre. Y en a qui disent que ça l'a complètement détruit, ce type, que sa femme l'a quitté... Qu'est-ce qu'elle avait dans la tête ?

J'veux plus rien avoir à faire avec Adèle. C'est suffisamment compliqué de voir sa gueule à la télé, partout. J'voudrais l'oublier... Qu'on arrête de me parler d'elle.

Chloé

J'ai toujours pensé qu'Adèle était le genre de personne à qui il *arrive* des choses, et pour moi c'était une sorte de talent que je lui enviais. Évidemment, ça peut sembler bizarre de dire ça après ce qui est *arrivé*, mais je ne parle pas d'Hasna Bellaouar, je parle d'Adèle, cette fille tout en noir que je regardais par la fenêtre le lundi de 9 à 11 pendant que notre prof de maths nous saoulait avec ses variables aléatoires – elle avait cours de sport. Elle atomisait tout le monde à la course. Elle avait tanné son médecin pour pas être dispensée à cause de sa scoliose.

Ça ne sautait peut-être pas aux yeux, mais Adèle était *quelqu'un*, et j'aurais volontiers échangé ma place contre la sienne, moi à qui il n'arrivait jamais rien que des choses banales, attendues – ennuyeuses. Mon père dirait que c'est par ce que je suis molle et lente. Le pire c'est qu'il aurait raison. Tout était sec et rapide chez

Adèle, et je crois que j'aurais supporté d'avoir une bosse au milieu du dos pour être comme elle. Adèle détestait son corps – elle ne savait pas que je déteste le mien au moins autant qu'elle, mon corps mou d'asthmatique essoufflée –, elle avait peur qu'on le regarde de biais, qu'on s'en moque, et c'est pour ça à mon avis qu'elle défonçait tout en athlétisme : pour forcer le respect, voire… une espèce de crainte.

Je la craignais avant de la connaître – enfin, la *connaître*… je me comprends. J'aimais pas beaucoup croiser son regard ; et ces vêtements noirs, l'eye-liner qui débordait… elle avait un petit côté Morticia. Et puis, un jour, on s'est retrouvées à côté, en perm. Elle rédigeait un essai en anglais sur le port d'armes aux États-Unis. Elle soupirait, galérait, et me demandait de temps en temps : « Hé… tu sais comment on dit "blesser" en anglais ? » Derrière nous, il y avait un groupe de filles qui chuchotaient – mais super fort –, et on entendait tout ce qu'elles disaient :

— Ses parents étaient partis en week-end, on l'a fait sur la moquette de leur chambre…

— Mais pourquoi dans leur chambre ?? C'est… aaah… c'est répugnant.

Elles parlaient vite ; elles étaient surexcitées et arrêtaient pas de se couper la parole :

— C'était comment ?

— Franchement, je suis ouverte et tout, mais ça me ferait chier de savoir que mon fils baise avec sa copine sur ma moquette. Vous auriez pu aller…

— Vas-y, raconte. C'était comment ? ça t'a fait mal ?

— C'était pas… Disons que ça nous a pris du temps avant que… « ça marche ».

— Comment ça, que « ça marche » ?

— Ben… j'vais pas te faire un dessin !

Ça faisait un moment qu'on les écoutait Adèle et moi, chacune de notre côté, faisant semblant de bosser, elle sur son essai, moi sur des exos de maths, quand elle a lâché, sans lever les yeux de sa feuille :

— Pouffiasses.

Ça m'a amusée qu'elle choisisse ce mot et… comment dire… peut-être consolée ? Elle aurait pu les traiter de « pétasses », mais « pétasses » c'était pas assez insultant, et ces filles, toutes plus ou moins *très* jolies, méritaient ce trait de méchanceté. C'est ce que j'ai pensé alors.

Après ça, je me souviens avoir dit à Sarah : « Elle est sympa, *en fait.* » *En fait,* parce que c'était pas flagrant que cette fille le soit, cette fille pas très sociable, qui se tenait souvent à l'écart. Quand, pour d'autres, le lycée c'est toute leur vie, et les grandes vacances, presque un drame, pour Adèle c'était juste un lieu de passage. Où tout l'exaspérait. Les gens, leurs vêtements, leur façon de parler, les cours, les profs, la bouffe de la cantine, la peinture sur les murs. Tout était « décadent ». J'savais pas trop ce qu'elle voulait dire par là, mais j'avais envie d'être d'accord. Adèle donnait une voix à mes complexes, elle les faisait sortir de la nuit où ils croupissaient. Avec elle, j'avais l'impression de comprendre pourquoi j'avais honte de mes amis, de ces samedis soirs, quand Sarah et les autres me traînaient au karaoké et qu'il fallait hurler dans le micro « Alexandrie Alexandra », faire croire qu'on est pas dupe du ridicule alors qu'on nage en plein dedans, faire semblant de rire, de s'amuser, d'aimer le whisky-Coca. Avec elle, je comprenais que ma vie n'était pas là, et ça me faisait du bien de l'entendre cracher sur tout et n'importe quoi.

Les dernières semaines… je la voyais plus trop.

On avait un rituel, le mardi : ce jour-là, on finissait à la même heure et je l'attendais en bas des marches, à l'entrée du lycée, pour qu'on aille prendre un verre au bar d'en face. Mais elle a arrêté de venir. Est-ce qu'elle prenait une autre sortie ? Celle par le gymnase, pour m'éviter ? Je sais pas… Et puis, après… après, il y a eu l'attentat ; et ça a tout détruit, tout. Sarah arrête pas de me dire qu'Adèle s'est foutue de ma gueule à prétendre être mon amie. Qu'elle nous a menti. Est-ce qu'elle faisait semblant le jour où, sans aucune raison, j'ai fondu en larmes dans un couloir, et qu'elle m'a serrée contre elle, tout en me caressant les cheveux et en me disant : « T'en fais pas… Un jour, tu verras, tu te barreras d'ici, et t'iras vivre ta propre vie, loin de tous les imbéciles heureux. » J'étais si près d'elle que je pouvais sentir l'odeur du cuir de son blouson et celle de la lessive qui imprégnait son T-shirt. Est-ce que c'était Adèle qui était là avec moi ? Si oui, alors cette

Adèle n'aurait pas fait de mal à une mouche ; elle était douce, elle… elle me comprenait.

L'attentat a détruit notre amitié et en a gâché les souvenirs. Mais il me reste celui-là, comme un objet qu'on retrouverait au milieu des cendres et des débris dans une maison où tout aurait brûlé. Un petit objet insignifiant, un jouet, un papier, un livre, et qui deviendrait soudain très précieux parce qu'il aurait échappé aux flammes. Mais peut-être que je me trompe ? Et que c'est Sarah qui a raison ?

Elle pense, quelque temps, qu'elle arrivera à vivre comme une recluse. Sortir à la nuit tombée pour acheter du thon en boîte. Ne parler à personne d'autre qu'Antoine et Timothée, tous les autres lui semblant des adversaires, les voisins, la boulangère, la secrétaire du cabinet, ses amis qui lui laissent des messages gênés, bégayants : « Je... je suis abasourdie par ce qui t'arrive. Je ne sais pas trop quoi te dire, à part évidemment que si tu as besoin de quoi que ce soit... on est là, Jean et moi. » « Marion, dis-moi s'il te plaît que je peux faire quelque chose pour toi. Je rappellerai plus tard... C'était Stéphanie. » Elle ne leur répondra pas, ni même à Franck Graziani qui a appelé, lui aussi, pour lui dire que le parquet de Paris s'est saisi de l'enquête, comme elle doit s'en douter, mais qu'elle peut le contacter si elle a envie de, hum... *en parler*.

Elle pense qu'à force de silence, on finira par l'oublier, et qu'elle oubliera à son tour, selon une logique qu'elle seule comprend, mais le monde se met à frapper si violemment à sa porte qu'elle est bien obligée de lui céder.

Les lettres arrivent maintenant par paquets de deux ou trois, glissées furtivement sous sa porte par le gardien de l'immeuble. Marion les reconnaît à l'adresse mal typographiée, à l'orthographe estropiée de son nom, Persivale ou Percivall. Elle en reçoit même au nom de « Madame Bellaouar », comme s'*ils* cherchaient à tout prix à la rendre complice du crime de sa fille. Elle voudrait avoir la force de ne pas les décacheter – à quoi bon ? elle sait ce que contiennent ces lettres, presque toutes anonymes ou alors mystérieusement signées d'une initiale –, mais elle en vient toujours à déchirer l'enveloppe avec crainte et une certaine impatience. Timothée a raison, elle doit être maso.

Ma fille avait quinze ans. Elle était jolie, brillante. Elle aimait les chevaux et rêvait de devenir vétérinaire. Votre fille l'a tuée.

J'espère qu'on vous enlèvera votre enfant, qu'il MOURRA *lui aussi.*

Vous ne serez jamais tranquille, les morts du Forum des Halles viendront vous hanter toute votre vie.

Ces lettres sont une des rares choses qui soient soumises à un ordre ici, et aient droit à une place précise – une boîte en fer encore sale des miettes des palets bretons qui s'y trouvaient il y a peu de temps et dans laquelle Marion les range scrupuleusement.

— C'est malsain de garder ça ; ces gens sont tarés, lui dit Timothée quand il la voit faire, avec cette expression de soupçon inquiet qui ne le quitte plus.

— C'est le malheur qui les rend tarés, répond-elle, et elle pense alors que c'est peut-être pour ce point de ressemblance entre elle et eux qu'elle supporte leurs insultes et menaces.

— Tu peux pas les laisser te salir comme ça, il faut que tu te défendes. Papa a raison. Donne une interview et ils passeront à autre chose…

— Parce que tu crois qu'on peut *passer à autre chose*, quand on a perdu sa fille dans un attentat ?

— Au moins les journalistes te foutront la paix.

Les journalistes… ils sont encore là, bien sûr. Elle les sent rôder dans le quartier, se déployer comme une invasion d'insectes ou de rats. À défaut de l'avoir, *elle*, ils se rabattent sans doute sur le pharmacien, le primeur, l'épicier. Enquête de proximité. « Vous connaissiez Hasna Bellaouar ? Et sa famille ? Sa mère ? Elle est comment, sa mère ? Elle vient encore faire des courses chez vous ? » Marion s'approche doucement de la fenêtre pour jeter un œil dehors. Un homme en tenue de motard est en train de prendre des photos de la rue. Elle lui trouve un air démoniaque, peut-être à cause des poils teints en orange, et drus et hirsutes comme une pelote de laine d'acier, qui lui sortent du menton. Est-ce que tout ça finira un jour ?

Marion a souvent dit à des patients endeuillés que la colère passait, la culpabilité, la tristesse, aussi, ou en tout cas cette tristesse abyssale, sans partage. La vie revient petit à petit, leur disait-elle, et vous vous étonnerez de pouvoir rire à nouveau, faire des projets, sans toutefois oublier celui qui vous manque. Elle a même écrit des articles là-dessus, dans des revues : « Le mécanisme du deuil : comment survit-on à l'absence ? » Elle avait réponse à tout, alors, disait comprendre, *savoir* ce que traversaient les gens qui ont perdu un proche. Confrontée à des enfants mutiques, elle prenait une feuille de papier et dessinait « le grand atlas du deuil » : en rouge la région de la colère, en noir celle du désespoir, en vert pâle le soulagement, en gris la peur. Elle demandait : « Dans quel pays te trouves-tu aujourd'hui ? » et l'enfant pointait son doigt sur une couleur et tout semblait si simple ; la visibilité était parfaite sur le chemin de la résilience.

Mais en réalité, ça ne *passe* pas toujours, n'est-ce pas ? Elle se souvient d'une voisine de sa grand-mère, dans les Vosges, qui vivait les fenêtres fermées, par n'importe quel temps. On apercevait parfois au travers de la dentelle de ses rideaux le halo d'une lampe ou une silhouette qui passait comme un fantôme, mais Marion ne l'avait jamais vue, cette femme ayant entièrement disparu derrière l'idée qu'on s'en faisait. On disait qu'elle avait perdu son mari dans un accident de voiture et son fils d'une tumeur au cerveau. Coup sur coup. Il ne lui restait plus rien qu'une maison qui se détériorait – le crépi pelait sur la façade et de la mousse jaunâtre envahissait les huisseries – et quelques chats qu'elle recueillait et nourrissait on ne sait comment. « Ça, c'est un malheur », commentait sa grand-mère, quand elles passaient devant ses fenêtres et son petit jardin envahi par les herbes hautes, où passait de temps à autre un chat chétif. « Il ne lui reste plus qu'à prier que la mort ne tarde pas trop à venir la chercher. »

En bas, le type n'en finit pas de prendre des photos. Marion le regarde faire, nerveuse. Ses doigts s'agacent sur les petits cheveux blancs qui poussent, tirebouchonnés, sur ses tempes. Elle en attrape un, tire, se l'arrache, recommence, avant d'interrompre brusquement son geste quand elle entend des pas dans la cage d'escalier. Ce doit être l'heure de la distribution du courrier. Elle guette le frottement des enveloppes glissant sous sa porte, mais rien ne se produit, excepté le bruissement de la brosse de son paillasson et les pas du gardien qui s'éloignent. Son corps entier se glace tandis qu'une folle pensée traverse son esprit. Les choses ne seraient-elles pas plus simples si elle avait perdu Adèle *pour de bon* ? Si elle se trouvait du bon côté du deuil, du côté de ceux qui lui écrivent des lettres anonymes ? Car à ceux-là, on pardonnera toujours leurs accès de folie, leur haine, on plaindra leur désespoir et leur incapacité à s'en sortir. Mais elle ? Qui pardonnera à la mère d'Hasna Bellaouar ? Qui apaisera les adversaires qui l'attendent en bas de chez elle ?

En ouvrant sa porte, elle trouve à ses pieds deux barquettes en aluminium, l'une remplie de semoule, l'autre de couscous encore chaud. Un post-it a été collé sur le couvercle de l'une d'elle, où elle lit ces mots qui lui vident la tête et purgent tout ce qui s'y était accumulé de dur, d'âpre et de rageur : « Je prie pour votre âme. »

Avec une éponge imbibée de fond de teint, la maquilleuse tamponne les tempes rougies de Marion, où elle vient de s'arracher quelques cheveux. « Je vais juste apposer un trait d'eye-liner au ras des cils, ça vous va ? » demande-t-elle en replaçant l'éponge dans une des nombreuses poches de son sac banane. Marion répond par un léger mouvement de la tête, signe d'assentiment, ou d'indifférence.

« J'adore vos boucles d'oreilles. C'est des opales, c'est ça ? ça va super bien aux blondes. Vous fermez les yeux un petit instant ? J'en ai pour une seconde. Voi…là. »

Le présentateur du JT entre dans la loge, pas encore maquillé, ni coiffé, à moins que le halo bordélique de ses cheveux blonds ne soit un fait exprès. Il semble plus grand que son personnage télévisuel, et ses traits plus irréguliers, moins banals, sans le maquillage. Il salue Antoine, qui se lève du canapé en skaï vert d'où il fait semblant de feuilleter un *Paris Match* – on dirait qu'il a peur de tourner les pages, comme s'il redoutait que la photo d'Hasna Bellaouar y surgisse –, puis Marion.

— Ça va aller ? lui demande-t-il.

Oui, fait-elle, se disant que ça fait tellement longtemps qu'elle ne sait plus ce qu'on ressent quand *ça va*.

— Je ne vous demanderai rien d'autre que ce que Virginie vous a dit au téléphone hier. On veut juste connaître votre point de vue sur cette histoire, OK ? Il hésite un instant avant de poser sa main sur l'épaule de Marion, qui se tient voûtée, crispée sur son siège. Ça va aller, dit-il.

Elle porte une chemise blanche, qu'elle a rafraîchie la veille à l'eau de javel et qu'elle a mis une heure à repasser, pour paraître impeccable, mais le tissu colle déjà, mouillé, sous ses aisselles et sous les passants de sa ceinture.

Sur le plateau, la maquilleuse la poursuit avec sa petite éponge à fond de teint pour tamponner les rougeurs sur son front, ses tempes, et tandis qu'elle est tout près d'elle, Marion examine l'expression de son visage, comme si elle pouvait y lire son propre reflet. « De quoi ai-je l'air ? aimerait-elle lui demander. Est-ce que vous sentez sur moi cette odeur de… de bête traquée ? » Mais la maquilleuse s'en va déjà, satisfaite. Elle a pulvérisé un peu de laque sur un cheveu qui volait au-dessus de son front et rebrossé ses sourcils. Ce qu'il y a sous le fond de teint l'indiffère (peut-être même que la mère d'Hasna Bellaouar l'indiffère), si ce n'est pas de la couperose ou un bouton à camoufler.

Ça va être à elle, dans quelques secondes. Le journaliste lui dit de ne pas regarder les cadreurs, « ce sont eux qui vous regardent », ajoute-t-il, mais Marion est attirée par les hommes sans tête, coupés en deux par la lumière blanche et crue qui lui blesse la rétine, et qui n'éclaire que leur buste et leurs jambes. Elle cherche à percer leurs visages, leurs regards, si profondément avalés par l'obscurité. « Ne les regardez pas », la somme à nouveau le journaliste, comme si les créatures sans tête allaient la transformer en statue de sel.

Elle se tourne vers lui. Le réalisateur lui donne le signal, et c'est parti : 15 juin. 10 h 17. Forum des Halles. Deux terroristes. Vingt-sept morts. L'air se charge d'une multitude de petites aiguilles que Marion avale douloureusement. Elle savait qu'elle aurait à les subir, ces mots terribles et définitifs, et qu'elle aurait à répondre d'eux. Là, dans un instant, elle va devoir parler, et elle s'est promis qu'elle aurait l'air normal, l'air de n'importe quelle mère de famille équilibrée, sauf que sa chemise est trempée sous ses aisselles, où le tissu doit commencer à jaunir, à sentir, et qu'elle n'arrive pas à se concentrer sur autre chose.

— Est-ce que vous vous doutiez de la double vie d'Adèle ?

Ça va aller. La question est simple, vous la connaissiez. Ne regardez pas les caméras, ce sont elles qui vous regardent, lit-elle dans les yeux du journaliste, alors qu'elle a le courage de prononcer :

— Non… évidemment que non…

— Rien dans son comportement ne vous a alertée ?

Marion réfléchit ; elle revoit Adèle sortant de sa chambre, vêtue d'une tunique informe et d'un pantalon noir large, de seconde main sans doute, peut-être achetés dans un surplus ou dans un de ces horribles magasins qui vendent des fringues au kilo ; Marion lui parle et elle a l'impression d'avoir cessé d'exister physiquement alors qu'Adèle traverse le salon, passe au travers de ses paroles, de son regard. Elle se revoit en train de se dire que ça ne peut pas durer et qu'elle a bel et bien un problème avec sa fille ; elle se revoit cherchant dans le calendrier de son agenda la date où tout aurait commencé et, ne la trouvant pas, noircissant la case du jour, le 20 mai, avec l'impression, complètement illusoire, qu'elle est en train d'agir. Qu'est-ce que cela prouve ? Que sa fille est une criminelle ? Et elle une mère aveugle ? Elle préfère ne pas chercher de sens à tout ça, et que les choses restent ainsi, dans cet état d'incompréhensibilité.

— Rien, déclare-t-elle, catégorique. Adèle nous cachait l'existence d'Hasna Bellaouar, que… que j'ai découverte comme vous, dans les journaux.

— Comment une jeune fille comme elle a-t-elle pu basculer dans la radicalisation, qu'est-ce qui peut être à l'origine de tout ça, selon vous ?

L'origine, l'origine… Marion sent peser sur elle le regard des créatures sans tête qui la fixent depuis l'obscurité. Est-ce qu'ils attendent un aveu ? En bougeant sur son siège, elle sent une larme de sueur qui coule entre ses reins. Y a-t-il forcément une origine, un « jour zéro », un fait qui expliquerait, simplifierait tout, et rassurerait les gens devant leur télé, qui penseraient leur foyer définitivement à l'abri d'une Hasna Bellaouar ? Oui, sans doute, mais soit elle lui échappe, soit elle la terrifie.

— Adèle était une jeune fille comme les autres… Je ne peux pas croire qu'elle ait été déterminée à faire… *ça*. Que c'était *écrit*, vous voyez ? Je ne sais pas ce qui s'est passé. Est-ce qu'elle a rencontré quelqu'un qui l'a détournée des valeurs qu'on lui avait transmises, quelqu'un qui l'aurait embrigadée ? Il n'y a pas forcément d'*origine* comme vous dites. Parfois une succession de mauvais hasards suffit à… hum… provoquer un désastre.

— Si Adèle nous regardait, là, en ce moment, quel message lui adresseriez-vous ?

— Je lui dirais qu'elle se trompe, que tuer des gens ne rend pas le monde meilleur. Je lui dirais de rentrer, à tout prix. Il faut qu'elle rentre. Elle devra payer pour ce qu'elle a fait, et payer cher, mais elle est jeune, elle a la vie devant elle pour changer.

— Marion Percival, merci…

— Je voudrais ajouter quelque chose, le coupe-t-elle, troublée par son audace. Je lui dirais que je suis *désolée*. Elle a parlé en baissant le regard, comme si elle considérait un petit animal mort qu'on aurait déposé sous ses yeux.

Ce n'était pas prévu, et sans doute que Virginie ne l'avait pas noté sur sa fiche, cet aveu si intime, si gênant, « je suis désolée ». Le réalisateur fait signe qu'il faut conclure ; ils rendent l'antenne dans trente secondes, mais le journaliste ne peut pas laisser cette déclaration de la mère d'Hasna Bellaouar flotter au-dessus du vide, il faut qu'il en fasse quelque chose.

— Pourquoi vous êtes désolée ?

Marion secoue la tête, un mouvement presque imperceptible que trahit l'agitation de ses boucles d'oreilles dans ses cheveux.

— Je ne sais pas… je me dis qu'elle devait être malheureuse. Les parents sont forcément un peu responsables du malheur de leurs enfants, non ?

Dans le taxi, Antoine fait rouler entre ses doigts la cigarette qu'il fumera dès qu'il sera sorti de la voiture. Ses mains tremblent, réclament la nicotine, tandis qu'il remue sur la banquette.

— On serait passés à côté de ça ?… demande-t-il, les yeux dans le vague.

— À côté de quoi ?

— Tout à l'heure, tu as dit qu'elle devait être malheureuse…

— On est passés à côté de bien plus grave, dit-elle sèchement.

— On n'est pas propriétaires de ses enfants, on peut pas les… les téléguider.

— Mais je ne dis pas ça !

Les yeux de Marion et du chauffeur de taxi se croisent un instant dans le rétroviseur, avant qu'elle ne détourne la tête vers la vitre. Lui monte le son de la radio, qui crache une mélodie hystérique, une histoire d'amour, de passion, de folie et de mort, qui donne à Marion l'impression que le chanteur ne sait absolument pas de quoi il parle. La voiture se fait dépasser par des cyclistes qui filent à toute allure, et des joggeurs, visages rubescents et vêtements fluo. Marion regarde la Seine et au-delà les tours de Beaugrenelle, auxquelles le soleil couchant donne des reflets cuivrés, et tout cela, les passants, le paysage, la lumière, lui semble aussi péniblement étranger que la chanson dans l'autoradio, comme si elle avait cessé d'appartenir au monde.

— On a fait ce qu'on a pu pour empêcher ça…

— Non, non, s'énerve-t-elle, parce qu'on a rien vu de ce qui se passait sous nos yeux. On était où, on faisait quoi, pendant qu'elle fricotait avec des poseurs de bombe, pendant qu'elle nous *haïssait* ?

— C'est arrivé, Marion, et la culpabilité n'y changera rien.

« Des putes. » La voix d'Adèle surgit soudain, brouillant les chansons d'amour qui se déversent de l'autoradio. C'est une voix douce, murmurée, une voix qui ne comptait peut-être pas, au départ, se faire entendre.

— Qu'est-ce que tu dis ?

Sa propre voix résonne maintenant, intriguée, amusée même par l'injure.

— J'vois bien le genre des filles qui prennent la pilule au lycée.

— Et alors, c'est quel genre ?

— Genre putes. La pilule, c'est juste un moyen de se vautrer dans…

— « Se vautrer » ! T'es pas sérieuse, quand même ! Si ta grand-mère t'entendait, elle serait outrée. Est-ce que tu sais qu'on l'a insultée, menacée, pour te permettre à *toi* et à ton petit nombril de naître dans un monde où les femmes sont libres d'avoir…

— Parce que tu crois que tu es libre ? Tu bosses dans un local payé par Papa et…

— Alors ça, c'est mesquin. Ça n'a rien à voir.

— Ça a *tout* à voir.

Marion avait oublié cette conversation et maintenant qu'elle lui revient elle revoit aussi Adèle, assise sur le canapé, penchée sur son téléphone, une épaule plus haute que l'autre, et ses jambes maigres entrelacées. Son corset pointe sous son T-shirt, entre ses omoplates, là où il le trouera bientôt. Son visage est enfoui dans ses cheveux, façon de montrer que l'échange est terminé, peu importe avec quelle violence il s'est achevé. Adèle ne feindra même pas d'excuses. Les adolescents ne s'excusent jamais, avait alors pensé Marion. Et ses yeux ? Elle voudrait revoir ses yeux – il lui semble qu'à l'époque, elle les maquillait encore, les étirait vers les tempes d'un trait grossier d'eye-liner – mais ils demeurent cachés sous sa longue frange. Elle s'imagine alors en train de la relever délicatement, comme elle le faisait, quand Adèle était enfant – elle coinçait une barrette entre ses dents tandis qu'elle tressait amoureusement ses cheveux. Elle retrouve la sensation de ses cheveux fins entre ses doigts et l'odeur doucereuse du démêlant, tandis qu'elle soulève la mèche, et là elle est saisie d'effroi en voyant apparaître deux yeux qu'elle ne reconnaît pas comme ceux d'Adèle, deux yeux étrangers, dépourvus de cils et surnaturellement, effroyablement immobiles, des yeux sans éclat ni fureur, sans colère, mais déterminés par la haine.

La voiture s'arrête et Marion revient subitement à elle. Antoine s'apprête à ouvrir la portière. Ainsi, c'est ici qu'il habite, se dit-elle en étirant son cou pour lire le nom de la rue – rue des Vinaigriers. Les façades lui semblent tristes, peut-être à cause de tous ces rideaux de fer baissés et sur lesquels ont été tagués des messages qui suintent le désespoir : « S.O.S. » ; « Souvent fauché, toujours marteau » ; « BAISE-MOI ». Elle se souvient avec quelle gêne Timothée lui répondait, quand elle lui posait des questions sur le nouvel appartement d'Antoine. Il restait vague sur l'adresse, et disait que c'était « bien », « assez grand » avec suffisamment d'impatience pour qu'elle se sente indiscrète. Est-ce qu'il craignait qu'elle vienne y rôder, troubler la tranquillité d'Antoine ? Après tout, peut-être qu'elle y serait allée, rue des Vinaigriers, espérant le rencontrer *par hasard*, au début en tout cas, quand elle pensait que leur histoire était réparable.

« Je t'appelle demain », lui dit Antoine en partant. Et alors que sa main serre encore la sienne, elle s'interroge sur cette étrange intimité entre elle et lui, ce lien qu'Adèle dans ses vêtements noirs a forcé, et qui ne promet rien d'autre que des trajets en taxi mornes et silencieux, aucune réparation ni retrouvailles.

Marion sursaute. Elle soulève l'oreiller sur lequel Antoine posait sa tête quelques mois auparavant. Elle secoue les draps, puis fait glisser ses paumes sur le matelas. Elle la sentait, là, tout près, tellement près qu'elle a cru un instant qu'elle l'étouffait, l'écrasait de tout son poids, tandis que son petit corps – elle aurait dit un corps de bébé – s'agitait sous elle. Adèle ? dit-elle d'une voix suffoquée, fouillant dans les plis de son lit, jusqu'à ce qu'elle comprenne que ce n'était qu'un rêve. Il n'y a personne.

Elle a une idée de l'heure qu'il est, l'heure de l'insomnie, de l'Advil et des programmes sans spectateurs à la télé, mais elle attrape quand même son téléphone, pour vérifier. Elle s'aperçoit alors qu'elle a reçu un texto d'un numéro masqué, à 3 h 21, il y a un peu moins d'une demi-heure. « Ne me cherchez pas, lit-elle. Je suis parti pour servir Allah. » Est-ce à cause de la faute d'orthographe ? Ou bien parce qu'elle pensait sa fille inaccessible, et sa voix, perdue à jamais ? Elle met quelques secondes avant de comprendre que cet inconnu *est* Adèle.

Timothée

Le présent a tout effacé, les beaux souvenirs, les fous rires, les jeux, tout. Quand je ferme les yeux et que je pense à elle, c'est la photo de la gare routière qui me vient, mais cette fille-là, je la connais pas, est-ce que c'est *vraiment* ma sœur ? Est-ce qu'on a *vraiment* grandi ensemble ? Même sa chambre aujourd'hui me semble étrangère et j'ai du mal à me rappeler comment c'était, quand elle était habitée.

Tous les soirs, dans mon lit, je fais la liste des Noël, anniversaires, vacances au ski, à la mer, qu'on a passés en famille, et je me dis que je vais forcément la retrouver, comme ça, dans un souvenir, mais j'y arrive pas. Je me souviens de détails absurdes, genre le brushing improbable de ma grand-mère, à Noël, il y a deux ans. Toutes les cinq minutes, elle me prenait le poignet et me demandait : « Dis-moi, on fête quoi aujourd'hui ? » C'est un des rares réveillons où on a bien bouffé : Papa avait rapporté plein de trucs de chez Fauchon ; il y avait des petits-fours au foie gras et une bûche qui ressemblait à des bâtons de dynamite entourés d'un ruban doré en pâte d'amande. Je me souviens de tout ça, mais pas d'Adèle. Je vois une ombre à la place, un peu comme sur ces photos où tout est net et figé, sauf une personne qui a bougé au mauvais moment et qui s'est transformée en une tache lumineuse.

Je parle pas trop d'Adèle avec mes potes, ça leur fait peur, je crois. Certains ont carrément pris la fuite, comme si j'avais la peste ou quoi – c'était peut-être pas des amis, en fait. Y en a un seul qui a osé aborder le sujet avec moi ; il m'a demandé si je m'entendais bien avec Adèle, et j'ai pas su quoi lui répondre. C'est bizarre, hein ? Peut-être que c'est pour ça que je me souviens de rien, peut-être qu'on ne s'entendait pas. On vivait ensemble, elle était là, à côté, mais au fond on ne s'entendait pas.

Ma mère m'a dit l'autre jour que quand on était petits, Adèle adorait me déguiser. Une fois, pour une fête de l'école ou une kermesse, elle m'avait déguisé en pirate, elle avait dessiné des petits points de barbe sur mon menton avec un crayon à maquillage de Maman et elle avait noué un foulard sur ma tête. Il paraît qu'elle était très douce avec moi, que, quand j'étais bébé, elle me poursuivait dans tout l'appartement pour me demander : « Est-ce que tu m'aimes ? » Elle m'a appris à faire mes lacets, des trucs comme ça. J'en ai aucun souvenir.

Tous les matins, vers 4 heures, elle se levait de son lit, enfilait un short, des baskets, et elle allait courir dehors. Elle fuyait la nuit inachevée, ces nuits de mauvais sommeil qui provoquaient toujours le même rêve, à quelques variantes près. Elle se voyait dans les entrailles de la terre, rampant, marchant ou courant après quelque chose ou quelqu'un. Souvent, c'était une jeune fille, qui avançait à pas lourds et écrasait de ses pieds nus les dards d'énormes scorpions. Ses longs cheveux lui battaient les hanches et quand enfin elle se retournait, Marion était transie par les lambeaux de chair qui pendaient de son visage à moitié arraché, et cette voix assourdie, comme enfermée dans son corps, et qui demandait tantôt l'heure tantôt le jour. Ou alors c'était un long panache noir qui volait dans la galerie souterraine et que Marion essayait d'attraper, les mains tendues vers l'avant, en vain.

Au début, elle courait dans son quartier, elle longeait les grilles du parc, où les masses sombres des arbres rendaient la nuit plus froide encore, et plus obscure. Parfois, elle s'arrêtait pour reprendre son souffle et passait entre les barreaux une main craintive, comme si une autre main pouvait surgir et l'attraper. Mais tant qu'elle courait, elle ne pensait à rien d'autre qu'à la distance à parcourir, alors peu à peu, les distances s'allongèrent. Après quelques tours de parc, elle se prenait à aller plus loin, vers la Seine. Là, elle regardait le ciel pâlir au-dessus du cimetière des chiens, à Asnières, puis continuait le long du fleuve. Les passants étaient rares, les voitures aussi, la vie, en somme, était diminuée, et Marion était dans son élément – la moitié grise du monde. Ses pieds tapaient dans des canettes de bières, des seringues – jamais, auparavant, elle n'aurait osé s'aventurer dans ces friches, la nuit, mais la course à pieds la rendait plus forte. Elle transcendait la fatigue, le manque d'appétit et les nausées. Elle lui faisait oublier Adèle.

Le portable qui avait envoyé le texto avait été géolocalisé à Raqqa et Marion s'était dit que maintenant qu'ils savaient où *elle* se trouvait, ils pouvaient aller la chercher – elle ne savait pas trop ce qu'elle entendait par « ils », elle se figurait un hélicoptère, des hommes armés et entraînés comme dans *Mission impossible* – avant de comprendre que le retour n'était envisageable que si Adèle prenait la fuite, à nouveau, en sens inverse. Elle était prisonnière, là-bas. Marion l'était aussi, prisonnière, et chaque journée qui passait, chaude et interminable, dans un immeuble où tout le monde était parti ou allait partir en vacances, découvrait un peu plus les tendons de son cou, les os de sa clavicule, et les veines qui parcouraient ses tempes. Sa peau était si fine par endroits qu'elle s'était mise à peler ; son visage devenait plus sec ; ses orbites creusées faisaient saillir ses yeux auxquels le manque de sommeil imprimait une sorte de fièvre. Ses cheveux avaient poussé, mais elle en perdait beaucoup – ceux qu'elle n'arrachait pas lui restaient dans la main, sous la douche. Pour masquer leur indigence, elle les tirait en arrière, en chignon ou queue-de-cheval. Elle se trouvait laide comme ça, et elle avait même pensé, tout bas, *aussi laide qu'Adèle*.

Vue du ciel, Raqqa semblait un agglomérat de petits cubes roulés dans la cendre. Tout était couleur de cendre sur ces photos prises par satellite : les immeubles, les voitures, les squares, et même les feuilles des arbres. Marion observait les ombres portées par les buildings et s'étonnait que le soleil luît encore dans cette partie du monde qui avait été comme plongée dans une nuit perpétuelle. Google Maps marquait d'un signet bleu les épiceries, les restaurants, un parc d'attractions, auxquels des gens avaient donné une note sur cinq étoiles. Elle se demandait si ces épiceries et ces restaurants existaient vraiment, de même que leurs clients, ou si c'était une blague de Google. Trouvait-on des restaurants, des supermarchés en enfer ? Car, oui, Raqqa était l'Enfer, un Enfer de terre grise où poussaient des arbres sans couleur sous un ciel de craie. En zoomant au maximum sur les toits des immeubles, les places et les jardins, Marion espérait voir surgir une silhouette – elle se serait contentée de celle d'un chat ou d'un oiseau – mais la ville était dénuée de toute présence humaine ou animale sur ses images, et pourtant c'était là qu'Adèle respirait, mangeait, buvait, marchait. Dans quelle maison ? Dans quelle rue ?

Antoine connaissait quelqu'un qui connaissait le premier conseiller de l'ambassade de France à Amman ; il comptait parmi ses clients le frère du chef de cabinet du ministre des Affaires étrangères, et il passait son temps à préparer des courriers, à récupérer des adresses mail, toujours prêt à lancer son filet dans un océan qui ne donnait jamais rien. Il avait entendu parler d'une association de parents de djihadistes et il voulait y emmener Marion. Il lui disait qu'ils ne pourraient pas s'en sortir tout seuls, qu'Adèle ne s'en sortirait pas toute seule. « Ne baisse pas les bras », lui répétait-il, comme on donne des petites claques sur la joue à quelqu'un qui risque de partir très loin s'il s'endort. Est-ce qu'elle baissait les bras ? Elle veillait. Des heures durant, elle faisait glisser le curseur de sa souris sur les rues de Raqqa ; elle regardait la météo – il faisait 41° là-bas et grand soleil – et des images d'où Adèle ne surgissait jamais, mais des hommes cagoulés, en treillis, armés, des enfants brandissant une kalachnikov, un garçon monté sur une mobylette et pointant vers le ciel une dague plus grande que lui, et des drapeaux, des dizaines de drapeaux noirs marqués de la devise de l'État islamique, plaqués sur des vitrines de magasins, pendus aux fenêtres ou déployés au-dessus de chars. Elle veillait jusqu'à en avoir des palpitations d'effroi.

Les portes de l'ascenseur s'ouvrent sur la « rotonde », un nom un peu pompeux donné à un espace aux murs roses où ont été posés çà et là des cadres de photo vides. Un groupe de têtes argentées, des vieillards plutôt fringants, regardent la télévision. Au-dessus d'eux, peinte sur le mur, une citation de Victor Hugo (1802-1885) forme comme une auréole. « Le bonheur est parfois caché dans l'inconnu. » Ça ne mange pas de pain, pense Marion, alors qu'elle passe devant eux, et qu'ils la dévisagent, le regard affamé, prêts à sniffer la moindre petite particule s'échappant de quiconque venant du « dehors ». Sans le vouloir, son attention est happée par le téléviseur et elle remarque en gros plan la photo d'un homme mal rasé au regard perdu, comme si on venait de lui retirer ses lunettes. En bas de l'écran, un bandeau rouge indique : « Le logeur de Mohammed El-Badia mis en examen ». Marion passe son chemin ; les vieillards détournent la tête et reviennent à leur programme télévisé, en attendant, sans doute, que les portes de l'ascenseur s'ouvrent à nouveau.

Mamy se tient dans son fauteuil, la tête légèrement inclinée sur le côté. Sans le maquillage grossier, son visage a quelque chose de mélancolique, mais elle est, comme toujours, vêtue impeccablement. Aujourd'hui, un chemisier crème et une jupe rouge qui descend sur ses mollets. On ne dirait pas que son état s'est « beaucoup dégradé », comme a dit Vanessa, elle semble au contraire paisible d'être arrivée sans trop d'encombre au bout de la vie et de ses chagrins. Au moment d'ouvrir la porte, Joël, dont le visage ressemble à un masque de clown avec ses yeux exorbités, ses sourcils gris très épais, son nez comme une boule et son sourire ahuri, un sourire un peu imbécile qu'il affiche en toute circonstance, a justement cessé de sourire en regardant Marion. Il l'a fixée longuement et elle s'est demandé s'il avait reconnu en elle la femme du JT, si, ici, on savait la filiation entre Mme Bompard de la chambre 115 et Hasna Bellaouar. « Je ne suis pas sûr qu'elle vous reconnaisse », a-t-il dit, faisant réapparaître son sourire de clown. « Vous avez de la visite, madame Bompard ! Regardez qui est là », s'est-il écrié joyeusement, de cette voix qui finit peut-être par rendre sourds les soignants dans les maisons de retraite.

Mamy n'a pas l'air de comprendre la raison de ce remue-ménage dans sa chambre, en dépit des exclamations de Joël, qui ne lui font ni chaud ni froid : « Votre fille est venue vous voir ! » Quand elle croise enfin le regard de Marion, elle sourit tendrement à ce visage familier, dont le nom et l'identité se sont probablement perdus, mais sur lequel l'amour maternel a laissé une marque ineffaçable.

Marion coupe le son de la télévision ; elle s'assoit sur le lit, tout contre sa mère, et lui prend la main pour lui masser la paume. Aucun son n'est sorti de la bouche de Mamy, et Marion hésite à sortir l'album photo pour dire et lui faire dire les mots habituels, mais finalement, elle se met à raconter la fuite d'Adèle, les photos d'elle en hidjab parues dans la presse, le texto envoyé de Raqqa. Tout ce qu'elle s'est refusée à dire aux journalistes, à ses amis, elle le dit à sa mère, calmement, chuchotant, et cette terrible histoire devient presque une chanson douce ainsi livrée à une femme qui n'entend plus le sens des mots. « On fait quoi maintenant ? » lui souffle-t-elle tout près de son visage, la tête posée sur son épaule. Le parfum de pivoine de sa crème de jour se mélange à l'odeur âcre et rance de sa peau. Elle pourrait rester des heures comme ça, se dit-elle, peut-être même toute la vie, bercée par le rythme de la respiration de sa mère. Plusieurs fois, elle entend sa bouche qui s'ouvre et se referme, comme si elle se préparait à parler, et en effet, il finit par s'en déverser un charabia incompréhensible, un langage dont on ne reconnaît plus rien, sinon quelques inflexions familières. Marion est soudain prise d'un irrépressible besoin de décrypter cette bouillie, comme si une clé y était cachée, et qu'il lui fallait la trouver, coûte que coûte. Elle lui fait répéter certaines syllabes. « De qui tu parles, Maman ? », lui demande-t-elle, de plus en plus impatiente. « D'Isabelle ? De ta petite sœur ? » Et c'est alors que Mamy lâche bien distinctement un nom que Marion avait oublié : Flopsy. « Flopsy ? » répète-t-elle. Flopsy… C'était le nom du chien des voisins de Mamy quand elle était enfant, et aussi son surnom de petite fille. Marion a presque l'impression de la voir, cette petite fille qu'elle n'a jamais connue, à qui on frisait les cheveux pour les grandes occasions, qui portait des robes en broderie anglaise et à qui on avait donné, par jeu, par blague ou moquerie, le sobriquet d'un chien. Elle l'aperçoit un instant sous les traits mélancoliques de Mamy, qui s'assoupit doucement, les mains croisées sur sa jupe rouge.

Quand elle sort de la maison de retraite, elle sent son téléphone vibrer dans son sac. Un texto de Timothée. « Tout va bien. » Un mensonge qui est censé la faire aller mieux. Des messages comme ça, elle en reçoit un par jour ; parfois les smileys remplacent les mots. Celui-là s'accompagne d'une photo. Son fils se tient au milieu d'un groupe de jeunes gens bronzés, en short, tongs et ciré. Ils posent dans le port de Guernesey, devant un bateau, sans doute le leur. Il y a encore une semaine, Timothée ne les connaissait pas. Il a été accueilli parmi eux avec une tape amicale dans le dos, sans qu'on lui demande rien d'autre que de payer sa part de raviolis en boîte et de packs de bière.

Younès

On a sa vie normale, de tous les jours ; on se met un petit film et le lendemain on se retrouve dans une affaire d'attentat. Y avait j'sais pas combien de camions de police en bas de chez moi, et des flics cagoulés, super armés, ouaaah… on se serait cru dans un film de Jason Statham.

Demande à tout le monde dans le quartier, j'suis pas un gars à embrouilles, j'ai ma famille, mon commerce. Franchement, tu crois que je lui aurais filé les clés de l'appart à ce mec, si j'avais su que c'était un terroriste ? Tu crois que j'aurais pris ce risque-là alors que j'ai deux enfants, que ma mère est handicapée ? J'suis pas dans la tête des gens. Le type, on me dit qu'il est en galère ; c'est le cousin d'un pote. J'lui fais confiance. Et maintenant y sont prêts à me mettre les menottes parce que soi-disant que c'est chez moi qu'ils ont organisé l'attentat ?

Ça me fout la rage. Les gens, y me regardent de

travers, j'ai même perdu des clients à cause de ça, alors ouais, j'ai la rage. Mohammed, je l'ai pas fouillé pour voir s'il transportait un fusil, des explosifs ou quoi. Et l'autre, là, le gars qui s'est fait buter porte de la Chapelle, ben je l'ai jamais vu ici. La vie de ma mère que je l'ai pas vu. Par contre, j'ai vu la fille. J'suis sûr que c'était elle, j'lai reconnue sur les photos. Elle était avec Mohammed. Elle vivait pas avec lui, mais ils étaient ensemble, et même mariés – Mohammed disait que c'était « sa femme ». C'était une gamine, non ? Une fille super timide ; elle disait pas bonjour quand on la croisait ; elle baissait le regard. Elle était pas reubeu, mais elle portait le hidjab, la robe longue, la capuche… la totale. Pourtant Mohammed, y faisait pas vachement religieux. Et après on apprend que c'était un fou de Dieu. Ça fait bizarre… Ça fait chier aussi parce que tu vois, l'appart, ben je peux plus le louer, maintenant. Et j'sais pas si vais pouvoir le relouer un jour.

« Je préfère qu'on ne fume pas ici, si tu veux bien. » Antoine se ravise poliment et replace la cigarette dans son paquet, tandis que Sabine pose furtivement la main sur son épaule, pour ne pas avoir l'air, sans doute, de ce qu'elle n'est pas : raide et inhospitalière. Elle dit attendre encore du monde, Léna et Jeff ; Sabrina a eu un empêchement – ils feront sa connaissance la prochaine fois. Marion la regarde parler, s'affairer, compter les verres avant de repartir vivement vers la cuisine parce qu'elle s'est rendu compte qu'elle avait oublié le cidre et les jus de fruit. Tout, ici, l'atmosphère polie, le cake aux olives encore emballé dans son papier d'alu et posé sur la table basse, lui fait penser à une fête des voisins, et elle ne sait pas encore si elle doit regretter d'être venue. « Assieds-toi, je t'en prie », lui dit Sabine. Elle est grande, un peu forte ; elle porte une robe compliquée, bardée de fermetures éclair, dont le jupon est asymétrique. Ses pas énergiques font tinter les grosses breloques de son bracelet fantaisie et diffusent dans tous les recoins de la pièce son parfum, un parfum bon marché qu'on sent souvent traîner dans les cages d'ascenseur, les magasins, dans la rue.

Marion s'assoit à côté d'Antoine, qui lui demande d'un regard si ça va, mais elle se dérobe ; ses yeux papillonnent tout autour d'elle. Sur une commode, entre deux angelots en céramique, elle remarque une photo où posent trois jeunes filles qui se prennent par la taille. Elles ressemblent à Sabine. Laquelle des trois a-t-elle été attrapée de justesse à Roissy, alors qu'elle s'enfuyait pour la Syrie ? Est-ce celle avec les lunettes ? Ou celle, tout à gauche, en top à bretelles, avec les dents baguées ?

« Vous devez être Marion et Antoine ? » Une femme vient de traverser le salon pour leur parler. Elle se présente : « Mélanie. Enchantée », tout en cherchant un endroit où poser le gâteau au chocolat qu'elle a apporté. Puis elle leur tend la main, secouant la peau de son bras qui pendille sous son T-shirt ample, trop grand pour elle. Elle a l'air de ces gens qui ont perdu beaucoup de poids trop vite après un régime intensif ou un drame, mais elle est vive et souriante. Marion se demande comment ils font pour être aussi à l'aise, sociables, alors qu'elle se sent à peine tenir sur ses jambes.

— Ici, on est tous des survivants, lui dit Mélanie, comme si elle avait lu dans ses pensées. Et elle se lance dans les présentations, de loin : là, en face, c'est Samira. Son fils est parti en Syrie ; un jour, elle a reçu un texto lui disant qu'il était mort « en héros ». Vous savez ce que ça veut dire, « mort en héros »… Léna et Jeff ont fait le voyage jusqu'à la frontière turco-syrienne, pour chercher leur fils…

— Et toi ? la coupe Marion.

— Moi ? Ma fille est là-bas, comme la vôtre. Mélanie tire la manche de son T-shirt qui a glissé, découvrant sur son décolleté des vergetures brunes. – À Raqqa, ajoute Mélanie. Et à ce mot, les yeux de Marion s'agrandissent. Elle sent que quelque chose s'est réveillé en elle, quelque chose qui pourrait bien l'étouffer de l'intérieur si elle ne se tient pas tranquille.

— Tu communiques avec elle ?

— Depuis quelque temps, oui, un peu. On fait des Skype. On parle que de trucs inoffensifs, surtout pas de la guerre ou de la religion, parce que sinon, elle arrête tout, elle coupe les ponts. Alors on discute des repas, du temps qu'il fait, de Jawad, son fils. Elle a eu un bébé… Il a sept mois. Elle marque une pause, avant de lâcher dans un souffle, sourire forcé : – Je suis grand-mère d'un petit de Daech. On sent qu'elle s'est répété cette phrase des milliers de fois sans jamais s'y faire.

— Et tu crois que… commence Marion.

— Bien sûr, l'interrompt brusquement Mélanie, comme si elle savait où menait cette question avortée, vers quels doutes, quelles angoisses qu'elle s'était juré de bannir. — Évidemment, martèle-t-elle, avant d'ajouter, de la douceur dans la voix : Si t'y crois pas, tu sombres.

Marion se voit sombrer, elle sait qu'elle est en

train de sombrer, qu'elle tombe chaque jour un peu plus profondément dans des ténèbres qui ne semblent pas avoir de fond, ce fameux fond dont on dit qu'il suffit de le repousser avec le pied pour remonter à la surface. Elle regarde Jeff et Léna qui ont eu le courage d'aller là-bas ; Sabine, dont la fille a été sauvée *in extremis*, et elle les envie car ils savent où leur enfant dormira ce soir, dans quel lit, sous quel toit. Sabine lui a dit que pour eux le cauchemar n'était pas fini, qu'il restait la peur de la rechute, la terreur des verrous – Sabine a jeté les clés et supprimé les verrous de toutes les portes de l'appartement, car, dit-elle, « un verrou peut conduire au suicide ». Et pourtant, elle les envie… elle les jalouse. Son regard s'arrête sur Samira, ses cheveux noirs où brillent des fils argentés, ses yeux grossis par les loupes des verres de ses lunettes, qui lui donnent l'air d'une chouette qui serait tombée de son arbre en plein jour. Il n'y a plus d'espoir, pour elle. Plus de désespoir. Elle en est *débarrassée*, pense Marion.

— Au moins je me dis qu'elle a plus de chance de rester en vie, continue Mélanie. Les filles, ils les envoient pas au combat…

— Tu as déjà pensé à aller… la chercher ? demande Antoine qui depuis trois minutes ne cesse de regarder du côté de Léna et Jeff.

— Oui, j'y ai pensé… Et pour la récupérer, je serai prête à risquer le voyage… oui, je crois que je le ferais, mais elle dit qu'elle est *bien* là-bas. Ils lui ont décapé le cerveau, tu vois ? Et tant qu'elle croit à leur combat, elle se laissera pas emmener. Pour Jeff et Léna, c'était différent. Ils ont jamais vraiment perdu le contact avec leur fils, je veux dire la personne qu'il était *avant*, et ils ont réussi à le convaincre… Le truc c'est que je peux même pas essayer de convaincre Thelma, parce que sinon c'est le black-out. Alors, j'attends…

Antoine se pince l'arête du nez avec ses deux index, et secoue la tête, comme si ce qu'il venait d'entendre venait de lui ficher une migraine épouvantable.

— Je sais ce que tu penses, dit soudain Mélanie, qu'on peut pas rester comme ça les bras ballants, mais y en a plein qui reviennent. Ils reviennent en mille morceaux, avec marqué « terroriste » – elle trace les contours d'une étiquette sur son front – ; ils se retrouvent avec la DGSI sur le dos et des emmerdes à n'en plus finir, mais ils ont échappé au pire. Tu sais, je suis pas croyante, et si je l'étais je peux te dire que je serais sacrément fâchée avec Dieu vu ce qui m'est tombé sur la tête, mais tous les soirs, je prie, je sais pas qui, je sais pas où, mais je prie. Y a que ça qui me fait tenir. Un jour, elle reviendra et je ferai tout pour qu'elle soit pas trop malheureuse dans cette vie-là.

— Quand tu parles avec elle sur Skype, elle est comment ? demande Marion, la main sur le front, ses doigts nerveux, avides de cheveux à arracher. Le monde caverneux et lointain de Raqqa vient de s'ouvrir à elle par une brèche minuscule, faisant communiquer deux espace-temps, ici et là-bas, et c'est comme s'il n'y avait qu'à tendre le bras pour se laisser aspirer de l'un vers l'autre. Elle enroule une fine mèche autour de son index, qui lui résiste. Elle tire de plus belle, s'inflige la douleur d'une piqûre de guêpe sur la tempe. Qui sait si Adèle et Thelma se connaissent, se parlent ?

— Elle est voilée de là à là. D'un grand geste désinvolte de la main, elle se balaie la face et le buste. – Au début, c'était difficile de la voir comme ça, je la reconnaissais pas, et puis j'avais tellement peur de la braquer que je disais plus rien, en tout cas rien d'important. Et puis on a réussi à renouer une relation, surtout grâce à Jawad. Elle a dix-huit ans, c'est un bébé ! Et quand elle l'a vu débarquer, qui pleurait, qui hurlait, qui se tordait de douleur dans tous les sens, ben elle était complètement paniquée… Sur ce terrain-là, elle veut bien entendre mes conseils. Il régurgite beaucoup, le petit, et ça l'inquiète… La voix de Mélanie s'accélère à mesure qu'elle raconte une réalité un peu plus banale : Elle a arrêté de l'allaiter, pour moi c'était de la folie, est-ce qu'ils ont du lait artificiel correct là-bas ?, je lui ai proposé de lui en envoyer…

— Tu penses qu'*elle* est en bonne santé ? la coupe Marion, qui cherche à retrouver l'image dans laquelle se sont confondues, il y a un instant, les deux jeunes filles, Thelma et Adèle, Adèle et Thelma.

— Il y a une semaine, Thelma a accepté de retirer son voile devant la caméra, pour la première fois depuis qu'on se skype. Je l'ai trouvée maigre et puis triste, fatiguée… elle avait les traits tirés. Maintenant, il fait trop chaud pour qu'ils puissent sortir, aller au parc, alors ils restent dans la maison, et elle fait le ménage, la cuisine. Ça se résume à ça.

— Est-ce que je peux te demander un service ? demande Marion et la question ferait presque peur, posée comme ça, avec autant d'urgence et de panique dans les yeux. Est-ce que tu peux demander à ta fille si elle connaît Adèle ? Est-ce que tu pourrais lui demander des nouvelles d'elle ? Antoine s'est rapproché de Marion, il lui a pris l'épaule, car lui aussi a vu l'éclat de lumière qui provient de l'enfer Raqqa et qui le lui rend soudain si incroyablement proche. Mais Mélanie se mange la lèvre inférieure, l'air sincèrement navré, et l'éclat lumineux s'éteint :

— Je suis désolée… mais c'est impossible. Déjà qu'elle déteste me savoir dans cette association – elle voit ça comme une déclaration de guerre – alors si en plus elle apprend qu'on se sert d'elle pour avoir des infos… Non, vraiment je peux pas… Elle risquerait de se fermer comme une huître. Vous savez, c'est…

— Je comprends, l'interrompt Antoine, un peu sèchement, et Marion reconnaît cette manière qu'il n'a pas toujours eue, en tout cas pas quand ils ont commencé à sortir ensemble et qu'ils avaient les cheveux longs, tous les deux, de montrer que c'est lui qui contrôle la conversation.

Mélanie va se chercher à boire. « On se voit

plus tard », dit-elle, un sourire fraternel sur les lèvres. Elle n'est absolument pas embarrassée de ne pouvoir rendre service à deux parents désespérés. Elle aussi s'en est pris dans la gueule, des portes qui claquent, des « je suis désolé », des « on ne peut rien faire pour vous », il faut juste que Marion et Antoine prennent le pli.

Son verre de jus de pomme à la main, Sabine rend compte des actions récentes de Rendez-nous nos ados, des prises de parole dans les lycées, une rencontre dans un cinéma. Elle parle d'une voix rapide ; elle s'emballe, ses joues s'échauffent, et elle n'arrive pas à finir ses phrases qu'elle achève à coups de « voilà ». « Il n'y a que comme ça qu'on protégera nos enfants. Il faut parler, parler, parler… Voilà. Le djihadisme se combat par la parole. Dans les écoles, les lycées. Voilà. »

Samira, pensive, semble l'écouter de loin. Elle est debout, droite comme un « i », tandis qu'elle caresse un carré de tissu plus petit qu'un mouchoir, un bout de chiffon à carreaux bleus que de ses doigts elle défroisse inlassablement. Plusieurs fois, elle le porte à son nez, et alors ses gros yeux de chouette se ferment, un quart de seconde durant lequel elle se laisse engloutir par la tristesse, et on sent quel effort surhumain elle doit fournir pour revenir au présent, et écouter, concentrée, mais pas pour très longtemps, les phrases précipitées de Sabine. Celle-ci redit qu'elle se battra jusqu'au bout pour que leurs ados restent ici, dans leurs familles. Et ceux qui sont déjà partis ? pense Marion. Et Thelma, et Adèle ?

Porte de Clichy, la voiture d'Antoine dépasse le camion de la vieille prostituée qui travaille là, sous le périph, on croirait depuis la nuit des temps. Un néon rose clignote autour du pare-brise. Elle a tiré les rideaux, des rideaux à grosses fleurs violettes et mauves qui sont éclairés de l'intérieur. En regardant la petite vierge Marie bleu électrique pendue au rétroviseur, Marion se souvient des exclamations réjouies d'Adèle, quand ils passaient devant. Elle avait quoi ? six ou sept ans, et elle y voyait la réplique grandeur nature de son van Barbie décoré de stickers arc-en-ciel : « Ouaah ! Il est trop beau ! »

C'était rare qu'elle soit visible, mais Marion l'avait déjà vue une ou deux fois hors de son camion, cette femme sans âge, aux yeux pochés, aux cheveux peroxydés. Elle portait une minijupe sur ses grosses jambes, où sa peau grumeleuse était parcourue de marbrures violacées, parfois boursouflées. Elle devait être entre deux passes, et elle arrosait ses fleurs, des géraniums rose vif dans un bac posé au pied du camion. Marion se rappelle l'avoir vue arracher les têtes fanées avec un soin, une tendresse dont elle s'était demandé si elle en avait encore en réserve pour les êtres humains.

Le bac aux géraniums n'est plus là. À travers la vitre, Marion regarde le bordel habituel de la porte de Clichy, les travaux, les bouchons dans lesquels zigzaguent les scooters, les clodos, les poubelles qui débordent. « Il n'y avait pas autant de SDF, avant ? » demande Antoine, alors que la voiture dépasse une femme, un petit enfant dans les bras. Elle est voilée, et recouverte d'un manteau d'homme, en laine, dont l'ourlet est décousu. On dirait qu'elle frissonne dans l'atmosphère surchauffée par les gaz d'échappement, alors que Marion crève de chaud sous la clim. La femme regarde passer les voitures, les yeux vides. Elle n'en espère plus grand-chose. C'est là que Marion lit ces mots sur une pancarte en carton posée à ses pieds : « *Syrian family. Please help.* »

« Ce ne sont pas des clodos, réplique-t-elle, la voix blanche, ce sont des réfugiés. » Et elle ne peut pas s'empêcher de penser qu'Adèle a pris la place de la femme au bébé, cette place que des centaines de gens quittent tous les jours au péril de leur vie, parce que la vie, justement, y est bien plus incertaine que sur des centaines de kilomètres de route en plein soleil, dans la guerre, que sur des bateaux qui s'abîment dans la mer, que dans des camps pour réfugiés où même l'eau vient à manquer, que sous le pont du périph, porte de Clichy, où la misère est telle qu'un soir d'été, sous 26 degrés dopés par la pollution, elle vous fait froid aux os.

— Qu'est-ce qu'ils vont chercher en Syrie, tous ces gamins qui partent ? murmure-t-elle, tétanisée.

— Ils savent pas ce qui les attend, répond Antoine.

Sous le pont du périphérique, les piles sont

recouvertes d'affiches électorales écornées, décolorées par la chaleur. Sur les visages souriants et photoshopés, on a dessiné des moustaches, des oreilles de Mickey, des croix gammées. Marion les regarde filer derrière la vitre, tandis que les mots d'Antoine résonnent encore, provoquant des pulsations dans son ventre. Elle imagine sa fille, une longue silhouette noire perdue dans une ville couleur de cendre où le soleil ne se serait pas levé.

Il est 5 heures, peut-être un peu plus, et le ciel est encore noir. Il n'est pas une voiture pour s'arrêter aux feux rouges. Parfois un bus passe, vide, plus silencieux que le chat qui escalade une pile de cartons sur une poubelle. Marion court autour des grilles du parc. Elle en est à son deuxième tour quand elle entend une voix dans son dos : « Vous devriez changer de baskets ; elles amortissent plus rien, vos semelles. »

Elle pense tout d'abord à continuer sa course, de l'autre côté des grilles, d'où se répand un peu du souffle froid de la nuit, mais la voix lui est familière, elle est sûre de l'avoir déjà entendue quelque part, et elle finit par se retourner, sans cesser ses petites foulées, sur place. Un homme se tient à quelques mètres d'elle, un homme imposant, pas très grand, râblé, les membres arqués.

— Vous me reconnaissez pas ?

Marion s'approche, sans courir cette fois, mais à pas lents, hésitants. Non, elle ne le reconnaît pas. Elle qui se pensait seule, à l'exception des chats et des conducteurs de bus fantômes, elle s'étonne de trouver une créature vivante, parlante, de ce côté-ci du monde.

Une voiture passe, éclairant la silhouette grise, révélant des baskets orange ou jaunes, un short en jersey de couleur foncée, un T-shirt gonflé par les pectoraux, une chaîne autour du cou, ce cou épais qu'elle reconnaît maintenant, tout comme ce crâne pointu et soigneusement rasé, et ces yeux dont elle ne saurait dire la couleur et qui se plissent dans la nuit pour mieux la voir, elle. Il s'avance, et, désignant son T-shirt où la sueur a dessiné une encolure, il dit :

— Je vous serre pas la main…

Pourtant Marion a tendu la sienne, poussée en avant par un sentiment qu'elle avait oublié, une curiosité saine, de la sympathie. Sur son T-shirt, elle lit « *Always first* », inscrit à côté d'un grand 1 et d'une voiture de course. Elle ne s'imaginait pas Franck Graziani autrement que comme un homme qui gagne à la course, toujours, et qui a la victoire joyeuse. Mais il faut avoir perdu quelque part, quelque chose, pour se trouver là, dans la rue, alors que la nuit traîne encore. Ça ne peut pas être par goût du silence ou de l'obscurité, si ?

— Vous avez pu avoir des nouvelles ? hasarde-t-il, la regardant par en dessous, prêt à remballer sa question au cas où elle serait trop embarrassante.

Marion secoue vivement la tête.

— Elle a envoyé un texto depuis une ligne qui a été coupée immédiatement après. Elle est à Raqqa, dit-elle après un silence.

Les branches d'un sapin dépassent des grilles du parc et leur frôlent les bras, à l'un et l'autre. Les aiguilles, à peine écloses de leurs bourgeons, sont douces comme de la gomme. Franck Graziani les pince entre son pouce et son index, et se met à les arracher, indifféremment, pour s'occuper les doigts.

— Vous allez changer de baskets, hein ? demande-t-il avec l'assurance de quelqu'un qui est souvent écouté, et obéi. Parce que sinon… c'est vos articulations qui vont trinquer…

Elle fait mine que oui.

— Vous allez par où ?

— Heu… par là, dit-elle en désignant l'énorme silhouette de l'hôpital qui se découpe dans l'obscurité claire de la nuit. Derrière.

Elle s'attend à ce qu'il lui dise que ce n'est pas un endroit ni une heure pour faire un footing quand on est une femme seule, et elle se prépare à hocher du menton, quand elle entend :

— J'ai beaucoup pensé à vous, vous savez… Moi aussi, j'ai une fille de seize ans…

— Ah, répond-elle, la voix éteinte. Et elle s'étonne d'ajouter, la voix toujours morne : Elle s'appelle comment ? comme s'il y avait encore de la place, dans son esprit, pour une autre jeune fille de seize ans.

— Léa.

— C'est joli, dit-elle.

Elle aussi s'est mise à arracher les jeunes pousses sur les branches du sapin, qui, en tombant, dessinent une sorte de vague à leurs pieds.

Franck Graziani a fait un pas vers elle. Elle observe la chaîne à son cou et se demande si un pendentif y est suspendu, caché sous son T-shirt, une croix, un souvenir… On dirait qu'il attend qu'elle lui parle, et elle se dit qu'elle pourrait se confier à lui, mais à cette idée elle est prise de vertige ; ses entrailles se serrent, comme étouffées par les anneaux d'un serpent qu'elle sent onduler en elle. Elle pense à Léa, qu'elle imagine blonde, vêtue d'un short en jean. Elle imagine son rire, un rire rauque et un peu gras, un rire incontrôlable d'adolescente, et tandis que son esprit se remplit de cette Léa imaginaire, elle se dit qu'elle n'arrive plus à imaginer Adèle, telle qu'elle est aujourd'hui, à seize ans, quatre mois et trois jours ; les sons qu'elle pose sur son rire, sur sa voix, lui semblent faux, artificiels. Quand elle pense à elle désormais, c'est comme si elle se souvenait d'une morte. Est-ce que Franck Graziani pourrait comprendre ça ?

— Je vais y aller, finit-elle par dire.

Il lui répond par un sourire doux et désolé.

— À bientôt ? On se recroisera peut-être…

Il invoque à nouveau son T-shirt imbibé de sueur pour ne pas lui serrer la main, mais l'intention est là, puis il s'en va calmement. L'espace de quelques secondes, elle le regarde traverser la grande avenue en diagonale, sans se presser, comme s'il était seul au monde.

« Je vous *attentat.* » Marion a un mouvement de recul en voyant surgir ce mot, *intelligemment* proposé par le logiciel d'écriture automatique. « Je vous attends », rectifie-t-elle alors que sa respiration s'accélère. « Je suis au fond de la salle. » Elle envoie le texto, verse deux sachets de sucre dans le café qu'on vient de lui apporter et regarde, à travers la vitre, si elle ne la voit pas arriver.

Elle doit être plus âgée qu'Adèle. Elle a compris qu'elle travaillait et que ça l'arrangeait qu'elles se voient aujourd'hui, son jour de congé. Un lundi. Peut-être est-elle vendeuse dans une boutique. Marion a pris la lettre avec elle, dans son enveloppe vert pistache, et l'a posée sur la table, comme un signe de reconnaissance. La première fois, quand elle l'a décachetée, elle aurait juré qu'il s'agissait d'injures ou de menaces de mort, mais les mots étaient doux, polis : « Je me permets de vous contacter car j'ai connu Hasna. » Marion la tire de son enveloppe. Elle en relit les quelques lignes, s'appesantit sur les longues et élégantes hampes du H majuscule, quand elle sent une ombre peser sur elle. Elle lève les yeux ; une femme en hidjab bordeaux la regarde depuis l'entrée du café. Elle porte une longue robe dans la même teinte, légèrement plus foncée, dont l'ourlet a été blanchi par la poussière. Marion se fige ; elle se sent rapetisser à mesure que la jeune femme avance, remuant la lourde étoffe de sa robe avec ses grosses Stan Smith. On dirait une statue qui viendrait subitement de s'animer pour accomplir on ne sait quel projet implacable. Marion est tant obsédée par ce hidjab qu'elle voit fondre sur elle qu'elle ne prête même pas attention au visage, dedans. Ce n'est pas ce qu'elle s'imaginait… L'enveloppe vert tendre, les mots, dans la lettre… ces mots si apaisés, presque… amicaux, ne l'avaient pas préparée à ce genre de… rencontre.

— Bonjour. Je suis Hasna.

La statue vient de poser son sac à main sur la banquette, un sac en cuir rose, une sorte de caricature d'accessoire de la femme occidentale, avec son gros fermoir doré, clinquant, et une boule de fausse fourrure couleur crème qui pend à une des anses.

— Faut pas avoir peur, dit-elle en faisant une petite pelote des fils de ses écouteurs qu'elle range dans son sac.

— J'ai pas peur, se récrimine Marion et c'est peut-être à moitié vrai, pense-t-elle, maintenant qu'elle regarde Hasna, ses yeux clairs, son visage poupin, ses bonnes joues rosies par les cicatrices et les boutons d'acné qu'elle a plâtrés avec du fond de teint.

— J'ai l'habitude. Y a même des gens qui changent de trottoir quand ils me voient ; ils s'imaginent que je trimballe une *bombe* là-dessous.

Marion se redresse soudainement, regarde confusément à droite, à gauche. Les murs tremblent, écrasés par une vague d'énergie qui se propage dans le café et pourrait bien briser la vitrine. Des gens hurlent ; elle ne sait pas d'où proviennent ces cris, des cris stridents, de panique, d'effroi qui sont bientôt noyés par un sifflement suraigu qui s'écoule comme une nappe. Marion voit les lèvres d'Hasna remuer sans comprendre ce qu'elle dit, elle voit aussi le serveur qui tient son plateau d'une seule main, deux jeunes filles en train de comparer les pendentifs au bout de leur chaîne, et, dans sa tasse, le liquide calme de son café. La respiration coupée, elle guette le moment où il faudra s'accroupir sous la table et fermer les yeux en priant d'être épargnée, où le sol s'effondrera, où les sirops Monin, les bouteilles de Campari, de Jack Daniel's, chavireront, une à une, mais le séisme passe. La bombe n'a pas explosé.

— J'voulais pas vous choquer, dit alors Hasna sur un ton d'excuse. Ce que j'veux dire, c'est que c'est pas parce que je porte un foulard que je suis une terror…

— J'ai compris, merci, la coupe-t-elle, les mains sur ses oreilles bourdonnantes.

Son café a refroidi, elle le boit quand même, d'une traite, et se dit qu'il va falloir qu'elle se calme si elle veut qu'Hasna lui parle d'Adèle. Elle s'entend dire à ce patient avec qui il fallait toujours prendre mille précautions pour qu'on parvienne à le faire asseoir, à le faire parler, sans qu'il sorte un sac en plastique de sa poche pour respirer dedans : « On va essayer de faire en sorte que vous soyez détendu, oui, c'est ça, par-faitement détendu. » Puis elle lui demandait tout doucement de poser ses mains à plat sur les larges accoudoirs. « Imaginez les milliers, les millions de capteurs sur vos paumes qui réagissent au contact du bois. C'est un peu froid, non ? Et lisse aussi, mais il y a peut-être quelques rugosités, un nœud dans le bois ou une trace d'usure ; est-ce que vous les sentez ? » Elle aussi a posé ses paumes sur la table, *essayant de faire en sorte d'être détendue*. Le plateau colle un peu. C'est dégueulasse, ici.

Le garçon passe, pressé, son plateau chargé de verres et de bouteilles. Hasna lève le nez vers lui ; elle voudrait lui commander à boire, mais il l'ignore ostensiblement, sans que Marion sache si c'est pour être désagréable par principe ou pour gagner du temps. Hasna le hèle d'une voix forte et pleine d'assurance, le forçant à stopper son cours :

— Hé ! s'il vous plaît. Je voudrais un Orangina.

Le serveur se retourne sur elle, de méchante humeur. Il n'avait pas vu le hidjab, qui tombe plutôt bien on dirait, et ajoute quelques degrés à son exaspération.

— Vous voyez pas que j'suis occupé ? Vous pouvez pas attendre deux minutes ?

Une fois qu'il a rejoint le bar, Hasna se penche vers Marion :

— Tant qu'on me traitera comme ça j'aurai des raisons d'être en colère contre ce pays. Je suis aussi française que lui, putain ! J'ai pas à me justifier, à m'excuser, parce que j'ai un foulard. Je peux comprendre qu'on ait envie de partir d'ici, de vivre dans un pays où vous pouvez pratiquer votre religion sans qu'on vous emmerde toute la journée.

Est-ce qu'elle veut parler de ce pays où les hommes portent des cagoules et les femmes sont invisibles ? Le pays aux étendards noirs. Le garçon revient avec l'Orangina. Il le pose brutalement sur la table, sans plus de commentaire.

— Merciiii, dit-elle, feignant d'être excessivement polie, avant de lâcher : Connard. L'espace d'un dixième de seconde, elle cherche où elle en était, avant de reprendre, à toute allure : Ma mère comprend pas. Elle me dit qu'il faut que je me fonde dans la masse, que je devienne invisible. Elle a fait ça toute sa vie, ma grand-mère et mon grand-père aussi – il a jamais rien revendiqué, même quand il s'est pété le dos après avoir bossé pendant vingt ans dans une usine de montage de voitures. Elle pense que je fais ça pour me faire remarquer, elle comprend pas que le foulard c'est mon identité, que si on me l'enlève, eh ben je serai plus moi-même.

Marion hoche la tête, elle veut montrer qu'elle comprend, mais c'est surtout pour apaiser la statue, ne pas la brusquer, ni faire exploser la bombe, et laisser venir le moment où elle plongera la main dans son sac rose pour en sortir une boule de cristal où Adèle apparaîtra, comme par magie, Adèle qui se dérobait, qui interdisait qu'on entre dans sa chambre, qui se cachait derrière ses marmonnements. *Toutes des putes*. Marion attend. Elle *se rassemble*. Elle pense aux millions de capteurs sous les paumes de ses mains, à la sensation de l'air sur sa peau, et elle attend. Elle compte mentalement jusqu'à cinq, se disant qu'au-delà la statue aura eu assez d'Orangina et se mettra à parler. Mais ça ne suffit pas, alors elle compte jusqu'à dix, et là, elle n'y tient plus. Quelle place pouvait bien occuper Adèle dans la vie d'Hasna pour qu'il puisse ne pas être question d'elle, là, tout de suite, alors qu'elles se sont donné ce rendez-vous ? Pour qu'Adèle passe *après* le garçon de café, après la mère d'Hasna, sa grand-mère, son grand-père, comme s'il ne s'agissait que d'un personnage très secondaire, une silhouette dans le décor ?

— Vous m'avez dit que vous connaissiez ma fille ? demande enfin Marion.

— « Connaître » c'est un bien grand mot… J'sais même pas à quoi elle ressemblait… J'ai vu les photos, bien sûr, *après*…

Marion s'apprête à sortir la lettre de l'enveloppe pour lui mettre ses propres mots sous les yeux. Soit on *connaît* les gens, soit on ne les *connaît* pas, voudrait-elle lui dire, même pas agacée, désemparée, avant d'entendre cette voix à l'intérieur d'elle : « Et toi ? Est-ce que tu connaissais vraiment Adèle ? »

— On *chattait* ensemble, précise Hasna avec fermeté, son buste penché en avant. On s'est rencontrées sur le forum Entresœurs.com. Au début, elle cherchait des conseils pour apprendre l'arabe, être une bonne pratiquante, et puis on a commencé à sympathiser. J'attendais qu'elle poste des trucs ; je m'étais mis une alerte sur mon téléphone quand « Crush01 » écrivait quelque chose.

— Comment vous avez su que c'était *elle* ?

— La police... Ils ont retrouvé sa trace sur le forum, et ensuite la mienne... Elle a un peu foutu la merde dans ma vie, vous savez ? La convocation du juge, tout ça... Mais le truc qui m'a le plus choquée, je crois, c'est quand j'ai su qu'Hasna n'était pas son vrai prénom, qu'en vérité elle s'appelait... Adèle, c'est ça ? Je suis sûre que c'est à moi qu'elle l'a pris. Son prénom. Elle me l'a volé pour faire le djihad. C'est pas un nom de soldat, Hasna, ça veut dire « La très belle ». Je le lui ai dit une fois, et elle m'a répondu que c'était exactement comme ça qu'elle se sentait quand elle portait le foulard.

— Elle vous disait qu'elle portait le foulard ?

Et alors Adèle devenait Hasna, c'est ça ? La fille

de la gare routière, cette fille qui voulait tirer un trait sur elle-même. Comment l'une se changeait en l'autre ? Est-ce qu'elle enfilait son foulard directement à la sortie du lycée, furtivement, cachée derrière une voiture ? Ou bien profitait-elle des toilettes publiques, des cabines d'essayage des magasins – Adèle y entrant, Hasna en ressortant ? Et dans ces moments où elle se sentait devenue une autre, profitant de l'anonymat des foules, dans le métro, sur les boulevards, est-ce qu'elle redoutait d'entendre son prénom, comme un écho de la vie dont elle ne voulait plus ?

— Elle disait surtout qu'on l'empêchait de le porter, mais que ça durerait pas, parce qu'elle avait rencontré quelqu'un, quelqu'un de vraiment *machallah*.

— De vraiment quoi ?

— Le mec parfait, quoi.

Les cheveux bouclés et légèrement brillants, l'effet de la cire ou du gel. Pas encore de barbe mais une moustache claire, juvénile, une ombre au-dessus de la lèvre supérieure ; un sourire bienveillant aux commissures des paupières : le garçon parfait.

— Je trouvais qu'elle avait de la chance d'aimer quelqu'un. Elle disait qu'elle allait le suivre, et aujourd'hui je me demande si elle savait qu'il allait mourir, si c'était *ça* leur projet.

Hasna fait tourner les glaçons dans son verre avec sa paille. Il ne reste plus grand-chose de son implacable dureté, de sa voix métallique, sonore, très sûre d'elle-même. La statue est en train de s'affaisser et Marion comprend qu'Hasna est venue ici pour les mêmes raisons qu'elle, pour confronter les bribes que leur a laissées Adèle en partant. Au fond, ils en tous là, qu'ils l'aient connue de près, de loin, sous un nom ou sous un autre.

— Je sais qu'il faut pas fantasmer sur la vie des gens dans les forums, je sais tout ça, reprend Hasna, dont la voix semble gênée par une multitude de particules coincées dans la gorge, comme des caillots. Ça m'a pas empêchée d'être un peu jalouse, OK, mais c'est pas vraiment ça le problème.

Elle gratte énergiquement l'espace entre ses deux sourcils qui rougit instantanément et Marion se rend compte que ce ne sont pas des cicatrices d'acné qu'elle a camouflées sous une couche épaisse de maquillage, mais des plaques d'eczéma, granuleuses et comme frottées à la paille de fer, qu'elle a partout sur le visage et qui se mettent soudain à la démanger.

— J'sais pas comment dire… elle m'a ouvert les yeux… oui c'est ça, elle m'a fait comprendre comment le voile pouvait changer la vie d'une femme. Elle disait que son corps était un fardeau, qu'il la faisait souffrir…

Marion revoit la grimace d'Adèle dans le cabinet de l'orthopédiste, à l'hôpital Necker, alors qu'il serrait les vis de son corset et qu'elle rentrait le ventre et retenait sa respiration et elle s'entend lui dire que c'est pour son bien, que le corset va la remettre droite et faire d'elle une grande et jolie jeune fille au port de reine. Ces mots qui lui reviennent lui laissent un goût âcre dans la bouche.

— Moi aussi j'ai ressenti ça, cette impression que mon corps devenait plus léger sous le hidjab. Dans ma famille, on dit que le corps de la femme est un trésor, mais c'est faux, et c'est elle qui me l'a fait comprendre : le corps de la femme n'est pas autre chose qu'un putain de boulet qui pèse trois tonnes.

Hasna ne lui semble pas particulièrement légère tandis qu'elle se lève péniblement de la banquette, d'où la statue s'était écrasée, comme déboulonnée. Et alors qu'elle lui tend la main pour lui dire au revoir, Marion remarque dans ses yeux clairs une légère brume, un voile, le trouble, sans doute, d'être lié pour toujours à quelqu'un qui vous terrifie.

De retour chez elle, Marion fait défiler pendant des heures les messages du forum Entresœurs.com, ses yeux gobent les smileys animés, les cœurs qui applaudissent, les têtes de chien ou de panda, les arcs-en-ciel irisés à la suite de posts qu'elle traverse comme un zombie : « Je voudrai me rapproché d'Allah mais je c'est pas comment faire », « Qu'est-ce que vous pensez de la sodomie ??? En dehors de l'aspect religieux svp ». Elle ne sent pas sa nuque qui se raidit, ni la tension dans son poignet contre la souris qu'elle tient serrée dans sa main, car c'est comme si elle nageait dans le rose des pages du forum, rapide et légère, la tête vide, aérienne, un ballon d'hélium. Ses yeux enregistrent une vingtaine d'Hasna, Hasna-les-beaux-jours, Magic Hasna, Hasna162, Hasna Jemss, S Hasna, Hasnabelle, mais elle ne voit aucune trace de Crush01, comme si elle n'avait jamais existé.

Sans Mamy au milieu, la chambre lui semble glauque et inhospitalière, l'exact contraire de ce qu'elle avait décrit à Antoine lorsqu'ils l'ont installée ici, il y a quelques années, et ce malgré la rose fraîchement coupée, pas encore tout à fait éclose, dans la vieille bouteille d'Évian. Marion sourit en pensant à celui qui la lui a offerte, peut-être un vieux prétendant, qui sait ?

Le lit n'a pas été fait ; on dirait qu'il a gardé la forme de Mamy. Elle pose ses mains dessus. Il est froid. Elle ouvre le placard, elle fait s'agiter les jupes des tailleurs et les chemisiers, trop élégants pour le linoléum vert d'eau et les murs saumon ; il s'en dégage un souffle de renfermé, une légère odeur de poussière. Il faudra qu'elle emporte tout ça au pressing, et qu'est-ce qu'elle en fera après ? Il y a les chaussures aussi, tout en bas, bien rangées, déformées et bosselées par les oignons de Mamy. Marion cherche les chaussons Isotoner, et se demande si elle les a gardés aux pieds, et s'il faudra les lui laisser pour l'incinérateur.

En plus de la valise, elle a pris un grand cabas Carrefour pour les objets divers, les photos, et elle commence à s'y mettre, détacher les cadres des murs, vider la petite tablette de la salle de bains. Ça la replonge quinze ans en arrière, dans l'ancien appartement de ses parents, alors qu'elle triait les vêtements de son père et regrettait de ne pas avoir de frère ou de sœur pour se disputer un stylo. Elle avait ressenti, alors, ce grand vide, cette profonde solitude, mais il y avait Mamy, dans une pièce à côté, le visage hébété, mais présente, malgré tout. Il y avait Antoine, et Adèle, bien sûr, Adèle qui commençait tout juste à se déplacer en rampant et qui allait systématiquement se fourrer sous les meubles, les fauteuils, le canapé, où elle suçotait silencieusement son poing, attendant qu'on vienne la chercher.

Marion a dit à Vanessa qu'elle irait la voir, tout à l'heure, mais elle n'en a pas très envie. Elle sait où est la chambre funéraire ; elle avait vu un couple en sortir, un jour où elle s'était perdue dans les couloirs, à la recherche d'un vase ou autre chose, elle a oublié quoi. Elle avait aperçu une lumière bleue dans l'entrebâillement de la porte et senti une odeur de mèche de bougie tout juste éteinte et s'était dit que Dieu merci ils n'en étaient pas encore là.

Marion ouvre le tiroir de la table de chevet ; prend les lunettes de Mamy dont elle nettoie les verres en soufflant dessus son haleine chaude. Elle ne trouve pas l'étui et ça l'embête, elle ne voudrait pas qu'elles se rayent, alors elle les place douillettement dans un châle, dans la valise. Elle feuillette un instant l'album photo, puis le calepin de téléphone. Elle admire la jolie graphie de sa mère, une écriture penchée, sèche et minutieuse, pleine d'intelligence, avant de le ranger dans le cabas. Le reste peut aller à la poubelle, une petite pelote de fil, une tablette de chocolat probablement périmée, un cœur brodé au point de croix, dont elle malaxe le rembourrage de ouate, sans doute quelque chose pour planter des aiguilles, bien que Mamy n'ait jamais su recoudre un bouton. Non, ça aussi, elle préfère le garder, et le cœur rejoint le fond du cabas. Sous le tiroir, le casier est imprégné de l'odeur de sa crème, une odeur un peu écœurante dans laquelle Marion se laisse ensevelir en fermant les yeux. Quand elle les rouvre, elle remarque sous une pile de *Paris Match* sous blister un tas de papiers, une liasse hétérogène qu'elle pose sur le lit. Sa respiration s'accélère, elle a peur de comprendre de quoi il s'agit : des coupures de journaux où il n'est question que du 15 juin 10 h 17, d'Hasna Bellaouar, foulard beige, sac à dos noir. Elle s'était arrangée pour les éviter, ces articles, ces gros titres qui sonnent comme des sentences définitives : « Elle s'appelait Adèle » ; « La fille qui rêvait du djihad », mais ils l'attendaient. Ils attendaient que Mamy meure pour lui sauter à la gorge. Les articles ont été découpés au ciseau, soigneusement – certainement pas l'œuvre de Mamy qui savait à peine tenir sa cuiller – alors qui ? Qui a fait entrer Hasna Bellaouar ici ?

Quand elle est arrivée, avec sa valise et son cabas vides, Marion est tombée sur Vanessa, qui lui a dit d'emblée : « Votre mère n'a pas souffert. » Sans doute qu'on leur apprend en formation comment tout trouver formidable dans une maison de retraite. Alzheimer. Formidable. La mort. Formidable. « Comment pouvez-vous le savoir ? » a rétorqué Marion, en pensant que sa mère, la femme à l'écriture penchée et qui portait des robes à lavallière, se serait insurgée qu'on présume ainsi de la souffrance de quelqu'un qui vient de mourir. Vanessa était gênée, elle a bredouillé : « Mais… elle est *partie* dans son sommeil, elle n'a rien senti. »

Sur le lit, un papier s'échappe de la liasse, montrant un combattant de Daech le visage invisible sous une cagoule noire, qui maintient un homme à terre, la main fermement appuyée sur son crâne. Il a le regard éperdu. Il va mourir. Il est mort, maintenant. Derrière, on devine des collines brûlées par le soleil. Ça ne la console pas de se dire que Mamy n'a pu faire le lien entre ces images et la fille de sa fille, ça ne la console pas car tout près d'elle qui dormait, qui se mourait, il y avait ce nid de vipères, juste là, sous les After Eight et les chocolats.

C'est un des seuls cafés qui soit ouvert à cette heure si matinale. Il est isolé, en retrait de la ville et de ses commerces, mais les employés de nuit, les éboueurs, les insomniaques – Franck Graziani – en connaissent le chemin. Le café n'y est pas très bon et les croissants sont de la veille ; c'est un de ces endroits devant lesquels Marion est déjà passée, en taxi ou à pied, de retour d'une soirée, un peu éméchée, et dont elle se demandait, jaugeant la vitrine, les tables dépareillées et la faible lumière filtrant de l'intérieur, qui pouvait bien finir là, à cette heure de la nuit. Si aujourd'hui elle rencontrait cette Marion, marchant plus très droit, riant un peu trop fort et les yeux humides du Rimmel qui a coulé, elle la plaindrait, oui, elle la plaindrait de ne pas savoir ce qui la guette.

Les bruits du monde ne parviennent pas jusqu'à ce café, ou alors sous une forme si atténuée, si lointaine, qu'ils en deviennent presque irréels, la sirène d'un camion pompier, un cri humain :

irréels et inoffensifs, purgés de toute agressivité. C'est pour ça que cet endroit lui plaît, on se croirait au fond de l'océan, et il lui semble même que si la fin, la fin de tout, devait survenir, elle ne les trouverait pas là où ils sont. Le café serait épargné, et il y a quelque chose d'ironique de penser qu'ils seraient ceux par qui la vie recommencerait alors, eux, avec leur teint gris et hâve, cette petite communauté de gens pour qui les nuits sont trop longues pour les endurer chez soi.

Ici, le poste de télévision demeure éteint ; les conversations sont silencieuses, et même assez rares, mais la nuit invite à la familiarité, et désormais il l'appelle Marion et elle l'appelle Franck. Elle ne sait pas grand-chose de lui. Peut-être qu'un jour elle osera lui poser des questions sur l'anneau suspendu à la chaîne autour de son cou, un anneau en or rose fait pour un doigt menu, de femme, sans doute, une femme qui lui manque et dont le vide est matérialisé par l'anneau, enfin, c'est ce qu'elle imagine alors que la sueur du footing refroidit son T-shirt. La vie est comme ça. L'amour, les soins, les projets, l'avenir, l'avenir ! tout ça finit par ne peser que quelques grammes autour du cou.

Elle ne le lui dira sûrement pas, mais elle pense souvent à Léa, quand ils sont ici. La jeune fille au short en jean. Dans ses pensées, elle est blonde, parfois même un peu rousse, et elle porte sur le nez et sous les paupières les taches de son qui brunissent le crâne de son père. Elle l'imagine sportive et exubérante, le genre de fille qu'elle n'a jamais été, qu'*Adèle* n'a jamais été, qui grimpe aux arbres, se baigne dans la mer en petite culotte, à la Toussaint sous un ciel gris, rit beaucoup et ponctue ses phrases de « pas de souci ».

— Comment est-elle ? Je veux dire... Léa ? finit-elle par demander.

Franck passe une main sur son crâne nu, faisant crisser les cheveux ras sous sa paume. D'un geste lent et engourdi, il sort son téléphone de sa poche.

— Tu veux voir une photo ? répond-il l'air de ne pas être gêné, ce qui est faux, bien sûr, car il sait que dans l'esprit de Marion toutes les jeunes filles de seize ans sont désormais liées à Adèle, qu'elles le veuillent ou non ; leur éclat provient d'une lumière qui s'est éteinte à Raqqa.

Franck lui tend l'écran de son téléphone, où s'affiche l'image d'une adolescente au sourire forcé et un peu inquiet. Les manches de son sweat qui découvrent ses longs poignets menus donnent l'impression qu'elle a grandi d'un coup, en quelques heures, provoquant un choc dont elle ne se serait pas encore remise.

— Elle rentre en terminale arts plastiques. Elle fait du dessin, de l'aquarelle... elle est douée, enfin moi je trouve qu'elle a du talent.

Il s'est arrêté, comme s'il y avait quelque indécence à parler de ce dont il est riche et elle si pauvre, mais Marion voudrait qu'il continue. Elle se rappelle qu'Adèle aussi aimait dessiner. Des vêtements surtout. Avec Antoine, ils se disaient qu'elle pourrait devenir styliste ou costumière, alors qu'ils ramassaient ses dessins sur la table basse, qu'ils regardaient avec quel soin et quelle inventivité elle imaginait des motifs, des roses, des étoiles, des losanges, et des accessoires, des petits chapeaux cloche délicieusement surannés dont elle devait copier les modèles dans ses livres, des ceintures brodées, des bijoux fleur ou papillon. Elle avait quoi ? Huit ou neuf ans, et puis ça lui a passé. Les feuilles, les crayons et les feutres ont fini par disparaître de la table basse. Par moments, Marion rêve de revenir à cette époque, pour tout recommencer, différemment, avec d'autres versions d'eux-mêmes. Ça serait comme d'appuyer sur *reset*. Une deuxième chance.

Le portable de Marion vibre tellement fort dans le silence ambiant qu'on croirait qu'il fait trembler la table. Le bruit tonitruant de la coque en plastique sur le verre fait se retourner les clients ; on dirait que ça les a réveillés. Marion saisit son téléphone impatiemment. Il y a quelque chose de sauvage et de vorace dans ce geste, quelque chose de non civilisé. Elle ne pourrait plus aujourd'hui laisser sonner son portable dans le vide, au fond de son sac, sous prétexte d'être polie, de ne pas déranger. Avoir son téléphone à portée de regard est devenu plus important que boire ou manger. « Qu'est-ce qui ne va pas ? » demande Franck, alors qu'elle relit le message de Mélanie : « Thelma revient », grelottant soudain dans ses baskets froides.

Thelma

C'est bizarre que vous me parliez d'elle, parce que quand j'étais dans le bus, que je serrais Jawad contre moi et que j'essayais d'éliminer l'image du corps d'Hawa, qu'ils avaient battue avec ce qui leur était tombé sous la main, un vieux tuyau rouillé ou une gouttière, je sais pas, Hawa qui n'était pas morte tout de suite, mais après des heures et des heures d'agonie sur le trottoir ; quand le bus roulait et que la ville s'estompait derrière des maisons de plus en plus espacées, et des champs, des champs de blé, de coton, je ne pensais pas à ce que j'allais trouver si on s'en sortait Jawad et moi, je ne pensais pas à ma mère, à notre appartement, à ma chambre, mais à elle, Hasna. Je pensais à elle et je voyais ma folie.

Quand elle est arrivée à Raqqa, je me souviens, c'était une sorte d'héroïne, ou en tout cas la femme d'un héros qui avait donné sa vie pour le califat. C'est comme ça qu'on nous avait présenté les choses. On vivait dans une bulle là-bas, et même les bombardements, j'arrivais à les oublier. Les innocents qui étaient morts au Forum des Halles, on n'en parlait pas. Ils n'existaient pas. Il n'y avait que les combattants qui comptaient, et qui allaient délivrer ceux qui se faisaient massacrer. J'y croyais… Je pensais être du bon côté de la guerre, du côté du Bien, à apprendre la religion, aider les plus faibles, m'occuper de mon fils…

Hasna n'est pas restée une héroïne longtemps. Elle a rejoint une maison où vivent des femmes – des célibataires – qui ne font rien d'autre que d'attendre un homme. Moi j'ai été mariée qu'une fois, mais y a des filles qui ont épousé, je sais pas, cinq, six hommes. Elles enchaînaient les mariages. Elles se retrouvaient enceintes et veuves au bout de deux mois, alors ça recommençait… Les hommes meurent vite au califat. Quelque temps après son arrivée à Raqqa, je sais qu'Hasna a épousé quelqu'un, mais ça n'a pas duré et elle est retournée vivre dans la maison. Je passais souvent devant. Il y a des barreaux à toutes les fenêtres et des barbelés au-dessus du muret qui entoure le jardin. J'ai entendu dire qu'Hasna avait une malformation, quelque chose, ou bien qu'elle pouvait pas avoir d'enfants et que c'est pour ça qu'elle avait été répudiée. En fait, je sais pas ce qui s'est passé ; toujours est-il qu'Hasna est restée sans mari.

Avoir un mari c'est ce qui peut arriver de mieux à une femme à Raqqa. Je dirais pas que ça vous rend libre… même si à l'époque je croyais être libre – j'étais partie pour *lui*, à cause de lui, parce que je l'aimais, et je pensais que ça me rendait libre – mais ça vous protège des loups. Les hommes sont des loups là-bas, et ils se sont jetés sur Hawa, sur Hasna… Ils les ont piétinées.

Ils n'ont que le Coran à la bouche, la vie sainte, la vie parfaite, et vouent une haine farouche aux *kuffâr*, mais la vérité c'est que le califat est le paradis des violeurs et des assassins. Ils profitent de la guerre pour tuer et torturer. Ne me demandez pas comment j'ai pu faire pour ne pas voir les hommes qu'on jetait du haut des toits, les femmes qui prenaient des coups de fouet parce que leur hidjab laissait voir une mèche de cheveux, ne me demandez pas, j'en sais rien et ça me terrifie. J'ai vécu comme une somnambule ; je ne voyais que Jawad. Et j'aimais Karim. Karim libérait des villes entières d'un dictateur sanguinaire. Il œuvrait pour le Bien.

Je suppose que je devais penser comme eux, que j'y étais forcée par une sorte d'instinct de survie. Il y a une telle pression pour que tout le monde pense pareil… Si un jour ça craque, et que le doute s'immisce, vous êtes fichu, la peur vous trahit, vous condamne, c'est ce qui est arrivé à Hawa, c'est ce qui aurait dû m'arriver. Pour Hawa, ça a commencé quand on lui a dit que son mari était grièvement blessé. Elle redoutait qu'il meure, parce qu'elle aurait été obligée d'aller vivre dans cette maison, cette jolie maison avec des murs roses et un oranger dans le jardin qu'on a cerné de barbelés. Elle disait qu'Hasna vivait séquestrée là-bas, que si ça leur chantait, ils pouvaient très bien décider de ne pas vous donner de mari, mais de vous laisser croupir là, sur un matelas, à attendre qu'un type s'écrase sur vous et vous écarte les cuisses de force.

Elle m'a dit ça un jour qu'on était chez elle. Il fallait que je change Jawad, alors elle m'a accompagnée jusqu'à la salle de bains. Elle a refermé la porte, a fait un peu de place sur une commode pour que je puisse y étendre mon fils. J'ai commencé à le déshabiller ; on s'extasiait toutes les deux devant son ventre rebondi et les petites porcelaines de ses dents. J'essayais de le faire rire pour les compter. C'est là qu'elle a ouvert le robinet, au maximum. Une eau trouble et jaunâtre s'est mise à remplir la vasque qui était bouchée. Toute cette eau, je pensais que c'était pour Jawad, pour que je lui nettoie les fesses, et puis j'ai compris qu'elle faisait ça pour me dire quelque chose que personne pourrait entendre. Je l'ai compris à la façon qu'elle avait de se pencher au-dessus du visage de mon fils, et de faire grimper la petite bête de ses doigts jusqu'à son cou. Elle faisait semblant, c'était évident, elle avait la tête ailleurs et d'ailleurs ça n'amusait pas Jawad, mais elle continuait, la p'tite bête montait, montait, et elle écoutait les bruits derrière la porte, alors qu'il n'y avait personne d'autre que nous dans la maison. Elle était encore en train de le chatouiller, quand elle m'a dit : « Ils nous ont menti. » Elle me regardait pas, peut-être parce qu'elle osait pas. Il ne faut surtout pas parler de ce qu'on sait ou de ce qu'on a vu là-bas, parce que ça peut se retourner contre vous. Hawa le savait et elle avait peur. La peur… c'est à ça qu'on reconnaît les coupables, et quand j'y pense maintenant, mon cœur se serre, se serre… comme si une main l'essorait, j'en ai presque la respiration coupée…

Ça va passer, ça va passer… Là. Voilà.

« Ils nous ont menti », elle m'a dit. Et à ce moment-là, elle regardait Jawad pour ne pas avoir à soutenir mon regard. Comme une coupable, en fait, comme si elle savait déjà que quatre jours plus tard, ils l'empoigneraient par les cheveux pour la tirer de chez elle et la roueraient de coups jusqu'à ce qu'elle s'écroule.

J'ai pas voulu croire ce qu'elle me disait d'Hasna, parce que ce serait revenu à désavouer Karim et tout ce qui m'avait conduite là-bas pour fonder une famille, mais en même temps j'avais rien à lui opposer pour lui signifier qu'elle avait tort, absolument rien, et je savais au fond de moi que quelque chose d'irréversible venait de se produire : une fissure s'était ouverte dans mes certitudes, une brèche par laquelle se communiquait la peur, comme un goutte-à-goutte. J'ai reboutonné la salopette de Jawad ; le lavabo était encore sale de l'eau qui s'écoulait mal. Hawa me regardait, mais c'était moi maintenant qui fuyais son regard. J'ai entendu dans le lointain un bruit d'explosion et j'ai pensé que Karim pouvait mourir lui aussi, et que c'était même dans l'ordre des choses, puisque on était en guerre. Et qu'est-ce qui nous arriverait alors, à Jawad et moi ?

J'ai juré à Hawa que je ne dirais rien, qu'elle pouvait être tranquille avec moi, et j'ai pensé que ça serait pas grand-chose, que j'avais assumé des mensonges bien plus gros, bien plus embarrassants dans ma vie, mais c'était faux. La conversation avec Hawa pesait lourd sur ma conscience et je savais que mon silence faisait de moi une coupable à leurs yeux.

Karim est venu me chercher chez Hawa. On est rentrés à la maison, et là, j'ai commencé à faire semblant. Je me suis vue faire les choses qu'on attendait de moi : la préparation du repas, le linge à trier, Jawad et tout le reste, en espérant que Karim n'y verrait que du feu, qu'il ne verrait pas la personne qui se cachait derrière ces gestes mécaniques. Je sais pas comment dire… Je jouais le rôle de la fille que j'avais été pendant tous ces mois. L'épouse modèle, vous voyez ? Mais c'était qu'une façade, parce que derrière il y avait les mots coupables d'Hawa, que je retenais, que j'empêchais. Et plus je me les répétais, plus la peur augmentait. C'était plus un goutte-à-goutte, mais des torrents qui s'écoulaient, et inondaient tout.

Cette nuit-là, j'ai pas réussi à dormir. Je me disais qu'ils étaient tout-puissants, alors que nous… qu'est-ce qu'on avait pour se défendre ? J'écoutais la respiration de Karim, sa respiration adorée, et je ressassais plein de trucs – y avait de quoi devenir folle. Je l'ai cru capable de lire dans mes pensées, de me griller rien qu'en me regardant dans les yeux. Je me disais qu'il deviendrait furieux et la peur a de nouveau bondi dans ma poitrine ; je l'ai vu me battre avec la crosse de son fusil, lui que j'aimais tellement, je l'ai vu m'insulter et me hurler dessus, sous les yeux de Jawad qui pleurait.

Quatre jours après, ils ont tué Hawa. Elle est morte dans la rue, à quelques mètres de chez moi. On avait interdiction formelle de lui donner à boire, de lui parler, de la soulager de quelque manière que ce soit. Elle devait mourir comme une chienne, parce que c'était une chienne. C'est ce qu'ils ont dit.

J'ai fermé toutes les fenêtres de l'appartement pour ne plus avoir à entendre ses cris, mais c'était trop tard, ma mémoire les avait déjà enregistrés, et elle les diffusait en boucle dans ma tête, comme une radio cassée. Je me suis installée dans la chambre de Jawad – il était 14 heures, il dormait – et la première chose à laquelle j'ai pensé, c'est que je n'aurais jamais les forces suffisantes pour m'enfuir. Les cris d'Hawa m'avaient ôté toute vigueur, j'étais à bout de nerfs, littéralement, comme si on me les avait tous sectionnés. Il fallait du courage, de l'énergie pour se tirer de là, et je n'en avais pas. J'aurais voulu dormir, me plier en cinq pour entrer dans le lit de Jawad et me coucher auprès de lui. J'aurais voulu que Karim ne rentre jamais, et pourtant Dieu sait que je l'aimais, que je l'avais aimé. Mais il allait revenir, et il m'est apparu qu'il n'y avait aucune façon non suspecte de parler ou de ne pas parler d'Hawa. Que je me taise ou que je parle, je trahirais ma peur et c'en serait fini de moi. J'avais le choix entre mourir et mourir. Mourir dans quelques heures, s'ils me rattrapaient, ou mourir dans trois semaines, dans trois mois, après la longue torture de la peur. J'ai pas réfléchi. D'ailleurs je sais pas si cette entreprise, complètement folle, insensée, aurait réussi si je l'avais mûrie et préparée. Ils lisent peut-être pas dans vos pensées, mais ils ont des yeux derrière la tête.

C'était un mardi, la chance tient peut-être à ce genre de détail. Le mardi, c'était le jour où je faisais des courses avec Olivia, une autre Française de Raqqa. Je pouvais donc sortir de chez moi, et quand j'ai passé la porte ce jour-là, j'ai prié pour que je n'y revienne jamais. Je suis partie sans rien ou presque : une tenue de rechange, des couches et du lait pour Jawad qui prenaient peu de place dans mon sac. Je me suis pas inquiétée de mon passeport – c'est Karim qui l'avait – ni de l'argent – j'avais seulement celui des courses. J'avais pas de portable, rien, rien. J'ai sanglé Jawad dans la poussette, claqué la porte de l'appartement. Olivia m'attendait devant l'immeuble avec son mari, qui nous a laissées toutes les deux.

À partir de ce moment-là, j'étais comme anesthésiée. C'est con, mais alors que je marchais à côté d'Olivia, j'entendais la voix de ma monitrice d'auto-école, quand j'apprenais à conduire et que j'étais dans un stress pas possible rien qu'en mettant la clé dans le contact. Sa voix me revenait. « Regarde, c'est pas plus compliqué que ça. Tu passes la première, oui, comme ça… non, non… laisse le pied sur l'embrayage, c'est tellement plus doux… tellement plus… Et là, tu passes la seconde, voi-là… Attention au piéton à droite. Bien. Tu vois que tu peux le faire, Thelma. » J'étais sous perfusion de cette voix, c'est elle qui me guidait, qui me disait quoi répondre aux questions d'Olivia sur le reflux de Jawad ou autre chose, je sais plus. Je me sentais molle, un peu hors de moi-même, mais la voix me répétait que j'allais y arriver, que c'était *pas plus compliqué que ça*.

Il y a une épicerie, en centre-ville, qui fait face à un arrêt de bus. C'était pas trop dans nos habitudes d'y aller, mais j'ai dit qu'il fallait que j'y fasse un tour. J'ai acheté des conserves et de la semoule, et quand on est sorties, j'ai vu qu'un bus arrivait. J'ai prétexté un point de côté pour souffler quelques secondes. Je guettais le bus. Je savais pas où il pouvait aller, ça me suffisait qu'il aille quelque part – je pensais pas qu'il pouvait me conduire à un barrage tenu par des combattants armés et aussi enragés que ceux qui avaient tué Hawa ; j'espérais juste qu'il y ait des femmes dedans, plein de femmes parmi lesquelles passer inaperçue. À Raqqa, une femme seule est une femme perdue. Le bus s'est arrêté. À l'avant, il y avait une masse marron-vert remuante et barbue : les hommes. À l'arrière, une masse noire figée et sans visage : les femmes. J'ai demandé à Olivia de m'aider à monter la poussette dedans. Elle était interloquée. Elle a pas eu le temps de juger moralement ce que je faisais, enfin je crois pas. C'était tellement inattendu. Ce qui lui importait, c'était surtout de savoir comment elle allait faire, elle, toute seule dans la rue. Je lui ai dit : « Il faut qu'on prenne ce bus Jawad et moi. Toi, tu vas pouvoir retourner avec les femmes qui sont juste devant l'épicerie. OK ? »

Je me suis assise entre deux femmes, une jeune et une plus vieille, qui serraient dans leurs mains les anses de deux cabas à moitié remplis de légumes, la plupart abîmés. La jeune m'a demandé :

— Il est beau ton fils. Il a quel âge ?

— Un an, j'ai répondu. Et j'ai vu à travers la petite fenêtre de son voile que mon accent français lui arrachait une grimace.

C'était la première fois qu'on me regardait comme ça, comme une ennemie, un danger. Depuis, je l'ai croisé des milliers de fois, ce regard angoissé, accusateur, haineux aussi, qui vous écorche, qui vous brûle, mais vous brûle vraiment, vous voyez ? Je veux dire, c'est pas une image. J'ai perdu tous mes cheveux en arrivant ici. Mes cils, les poils sur mes jambes, sous mes bras, mes sourcils, tout, comme s'ils avaient cramé. Mais c'est pas ce que j'ai ressenti à ce moment-là, dans le bus. Je crois que je la comprenais, cette femme, peut-être même que je l'enviais un peu. Elle avait un endroit où rentrer, poser son cabas, ranger ses légumes, quand bien même cet endroit pouvait se faire bombarder. Moi j'avais plus rien.

Je ne sais pas combien de temps on avait roulé, vingt minutes, une demi-heure. Jawad, qui est si agité habituellement, se tenait tranquille. Je crois pas me souvenir qu'il était déjà monté dans un bus, et il était fasciné par le bruit du moteur, le siège surélevé du chauffeur dans sa petite cabine, et toutes ces voitures qu'on surplombait et qu'il se lassait pas de regarder.

On est arrivés dans un quartier que je ne connaissais pas, un peu en lisière de la ville, avec des rues non goudronnées et des groupes d'enfants aux cheveux pleins de poussière qui couraient dans tous les sens. Jawad pointait du doigt les quelques chèvres qui se trouvaient là. Le chauffeur a ralenti l'allure, puis s'est complètement arrêté. J'ai pensé confusément que c'était pour moi, que l'heure était venue qu'ils viennent me chercher. Pendant quelques secondes, je n'ai plus senti mes jambes sous moi, ni mes bras, ni quelque membre que ce soit, c'était comme dans les films, quand on voit l'âme d'un mort qui s'élève et volette dans les airs. Peut-être que mon âme s'est détachée de mon corps à ce moment-là et qu'elle se serait envolée très loin si Jawad ne l'avait pas rattrapée en me tirant par la manche. Et alors j'étais de nouveau là. J'ai remué les doigts. J'étais vivante.

Un homme à la barbe rousse était entré dans le bus. Il portait un treillis militaire, des vieilles Nike et un fusil d'assaut, genre kalachnikov. Il nous a même pas vus, Jawad et moi. Il était pas là pour nous reprendre, simplement pour nous dire qu'on annonçait des frappes aériennes, et qu'il fallait se mettre à l'abri. Les gens sont sortis, sans aucune précipitation. Les femmes avec leurs cabas, leurs mômes, les hommes qui continuaient de regarder leur portable ou faisaient rouler entre leurs doigts les billes de leur chapelet.

Le ciel était bleu, silencieux, et la poussière dans l'air brillait d'un éclat doré. Dans mon rêve, le Cham ressemblait à cette image. Je sais pas si les gens pourront comprendre ça un jour.

On a entendu un homme crier un peu plus loin et c'est là que tout le monde a commencé à se bousculer, à se presser, comme si la menace était devenue subitement sérieuse. C'est beaucoup ça, la guerre, des alarmes, des rumeurs qui se vérifient pas toujours. La femme au cabas a dû remarquer que j'étais perdue ou en tout cas isolée dans cette agitation, parce qu'elle m'a proposé de la suivre. « C'est pour ton fils que je fais ça, pas pour toi », elle a cru bon de me dire.

Il n'y a pas eu de bombardement ce jour-là, mais quelques jours plus tard, et j'étais déjà partie. J'étais à Suruç, en Turquie, dans un camp de réfugiés syriens, des gens qui ont été chassés par Daech et qui me regardent comme s'ils allaient m'arracher les yeux.

La nuit qui précéda l'enterrement, Marion rêva qu'elle arrivait en retard à l'église. Alors qu'elle marchait dans la nef, à petits pas rapides et tout le contraire de discrets, l'assistance, une multitude qui débordait sur les allées et pour laquelle il n'y avait pas assez de chaises, se retournait sur elle. Elle avait l'esprit trop embrouillé par son retard, l'anxiété, pour bien regarder ces visages, mais il lui semblait reconnaître M. Pelletier, le professeur de français d'Adèle, et le chef d'établissement de son lycée.

Elle dépassait un groupe d'adolescents qui avaient dérangé l'alignement des chaises sur lesquelles régnaient un foutoir de manteaux, de sacs et de conversations entrecoupées. Elle entendait une voix féminine chuchoter : « Vous allez la fermer, votre gueule ?! Un peu de respect, merde. » Léa, la fille de Franck, était là aussi, qui se tenait la tête dans ses mains tachées d'encre violette.

Marion n'avait pas prévu qu'il y aurait autant de monde et elle se demandait si elle allait trouver où s'asseoir quand enfin elle apercevait Timothée qui lui faisait signe. Il lui avait gardé une place, tout devant, à côté d'Antoine. Se frayant un chemin jusqu'à lui, elle frôlait le portrait de Mamy, dont la vue la contrariait encore un peu plus. Ce n'était pas la photo qu'elle avait choisie, qu'elle avait fait agrandir, exprès, une des photos prises lors du procès de Beauvais : Mamy dans sa robe à lavallière, cette femme de quarante-trois ans, avocate, féministe, brillante, qui pouvait parfois faire un peu peur avec ses petites phrases pointues : « Si tu mens, je le saurai tout de suite » ; « Ne laisse pas les hommes te dicter leurs lois ou alors ils te piétineront ».

Marion examinait longuement le portrait posé sur le cercueil, ce malentendu idiot qui avait voulu que Mamy paraisse à son enterrement sous les traits de cette dame à la face de clown, cette femme dont il ne restait rien de la vivacité, de l'intelligence d'autrefois et à qui Alzheimer avait donné le visage des faibles d'esprit. Sur la photo, elle avait un brushing hallucinant qui donnait l'impression que le coiffeur avait oublié de lui retirer ses rouleaux.

Le curé avait commencé à parler, mais Marion continuait de s'agiter sur sa chaise, de regarder par-dessus son épaule, à gauche, à droite. Elle donnait un coup de coude à Timothée : « Adèle. Elle est où ? » Timothée se retournait, offrant le visage non pas du gamin de quinze ans, les yeux empêchés par les mèches de ses cheveux bruns qu'il coiffait parfois avec un élastique emprunté à sa sœur, mais d'un homme de trente ans, les cheveux courts et la barbe dense, mais soignée. Il ressemblait étrangement à Antoine, en plus sombre, une version mélancolique de son père. Le plus étrange là-dedans, c'est que Marion ne s'étonnait pas que la différence d'âge entre eux se soit si spectaculairement réduite. Dans son rêve, elle était surtout effrayée par sa réponse et son regard, atterré, follement inquiet : « Mais Maman… Adèle ne viendra pas. » Pendant qu'il disait ça, sortant un paquet de mouchoirs de sa poche, bien qu'elle n'ait pas envie de pleurer, mais de hurler, de renverser les chaises, trois jeunes gens s'approchaient du pupitre. Une jeune fille coiffée d'un serre-tête avec des oreilles de lapin et portant des tongs Hello Kitty s'était mise à lire un texte que les sanglots rendaient incompréhensible mais qui commençait à peu près comme ça : « Adèle était l'amie dont tout le monde rêve. »

Deux ans plus tard

Il y a des années de ça, une émission stupide passait à la télé où l'on voyait des gens renouer un lien après une interminable séparation. Il fallait juste tirer un rideau, et alors on se tombait dans les bras, on pleurait, on demandait pardon, on poussait des cris, pendant que le public applaudissait à tout rompre. C'est à ça que pense Marion, alors que l'avion a du retard et qu'elle avait déjà trop d'avance, elle pense à ces effusions excessives, impudiques, pour la plupart fausses, probablement, à ces visages qui s'embrassaient, enlaidis par l'excès de maquillage. « Ne crois pas que tu vas la retrouver », lui a dit Mélanie, il y a quelques jours, et Marion se demande s'il se pourrait que l'avion soit vide, ou transporte la mauvaise personne, quelqu'un qui ne serait pas Adèle et dont la présence même signifierait qu'il faut définitivement cesser d'espérer cette jeune fille vêtue de noir qui disparut un jour caniculaire de juin, car elle ne reviendra pas et que rien ne la ramènera, à part peut-être les rêves.

Antoine est allé faire un tour et alors qu'elle suit du regard le nuage de fumée de sa cigarette électronique, elle sent la main de Franck sur son cou, la peau sèche et un peu rugueuse de ses doigts qui bousculent les opales de ses boucles d'oreilles. « Elle arrive », dit-il. « Où ça ? où ça ? » demande-t-elle, prise de vertige, ne sachant plus où regarder – les yeux trop fatigués, son attention éparpillée, vacillante. Elle a perdu de vue le nuage de fumée qui lui indiquait Antoine ; il faudrait qu'il revienne, pense-t-elle, qu'il…

« C'est elle. » Comment peut-il en être si sûr ? Elle fixe la vitre qu'un rayon du soleil a changée en nuée éblouissante. Elle plisse les paupières, essaie de démêler une silhouette humaine à travers cette forme floue et bleutée qui déambule dans le portique des arrivées. Une femme en sort, en uniforme de la police nationale, puis une autre, quand enfin *elle* paraît, dans un jean kaki et un sweat à capuche bleu ciel. C'est elle. Les cheveux coupés très court, très mal – on croirait avec un couteau ou de grossiers ciseaux – blonds, décolorés, presque blancs, enfantins. C'est elle, avec son dos légèrement cabossé, ses poignets frêles, ses jambes, deux tiges de métal dans un jean trop grand pour elle. Marion est frappée, presque tétanisée, devant l'évidence de ce visage mouvant, respirant, que sa mémoire ne parvenait plus à réanimer et que les photos, vues et revues de trop nombreuses fois, avaient figé. Son grain de beauté sur la joue droite a pâli, mais c'est elle, un peu plus grande sans doute, plus maigre aussi, qui porte encore les traces – les preuves – de la petite fille qui s'était écorché le menton en sautant dans les vagues, un été, à Arcachon ou de l'adolescente qui était rentrée à la maison avec les cheveux bleus et qui avait ce même regard, à la fois perdu et taciturne.

L'espace d'un instant où tout se confond, leur passé ensemble, connu, trop connu, usé par les souvenirs, et le présent indéchiffrable, Marion oublie le gouffre qui les sépare, et ce peut-être pour toujours. Elle fait un pas vers elle, se libérant de la main de Franck qui veut la retenir, et elle lit alors, dans le noir profond des yeux d'Adèle, un sentiment diffus, quelque chose qui ressemble à un espoir partagé par elles deux, la possibilité du pardon.

DE LA MÊME AUTRICE

Au Mercure de France

LA DERNIÈRE FOIS QUE J'AI VU ADÈLE, 2019 (Folio nº 6906)

DANSER, 2016 (Folio nº 6309)

SACRÉE MARIE !, 2013

DÉJÀ L'AUTOMNE, 2012 (J'ai lu nº 10024)

NUITS DE NOCES, 2010 (J'ai lu nº 9452)

COLLECTION FOLIO

Dernières parutions

6716. John Dos Passos — *1919. U.S.A. II*
6717. John Dos Passos — *La grosse galette. U.S.A. III*
6718. Bruno Fuligni — *Dans les archives inédites du ministère de l'Intérieur. Un siècle de secrets d'État (1870-1945)*
6719. André Gide — *Correspondance. 1888-1951*
6720. Philippe Le Guillou — *La route de la mer*
6721. Philippe Le Guillou — *Le roi dort*
6722. Jean-Noël Pancrazi — *Je voulais leur dire mon amour*
6723. Maria Pourchet — *Champion*
6724. Jean Rolin — *Le traquet kurde*
6725. Pénélope Bagieu — *Culottées Livre II-partie 1*
6726. Pénélope Bagieu — *Culottées Livre II-partie 2*
6727. Marcel Proust — *Vacances de Pâques* et autres chroniques
6728. Jane Austen — *Amour et amitié*
6729. Collectif — *Scènes de lecture. De saint Augustin à Proust*
6730. Christophe Boltanski — *Le guetteur*
6731. Albert Camus et Maria Casarès — *Correspondance. 1944-1959*
6732. Albert Camus et Louis Guilloux — *Correspondance. 1945-1959*
6733. Ousmane Diarra — *La route des clameurs*
6734. Eugène Ébodé — *La transmission*
6735. Éric Fottorino — *Dix-sept ans*
6736. Hélène Gestern — *Un vertige* suivi de *La séparation*
6737. Jean Hatzfeld — *Deux mètres dix*

6738. Philippe Lançon — *Le lambeau*
6739. Zadie Smith — *Swing Time*
6740. Serge Toubiana — *Les bouées jaunes*
6741. C. E. Morgan — *Le sport des rois*
6742. Marguerite Yourcenar — *Les Songes et les Sorts*
6743. Les sœurs Brontë — *Autolouange* et autres poèmes
6744. F. Scott Fitzgerald — *Le diamant gros comme le Ritz*
6745. Nicolas Gogol — *2 nouvelles de Pétersbourg*
6746. Eugène Dabit — *Fauteuils réservés* et autres contes
6747. Jules Verne — *Cinq semaines en ballon*
6748. Henry James — *La Princesse Casamassima*
6749. Claire Castillon — *Ma grande*
6750. Fabrice Caro — *Le discours*
6751. Julian Barnes — *La seule histoire*
6752. Guy Boley — *Quand Dieu boxait en amateur*
6753. Laurence Cossé — *Nuit sur la neige*
6754. Élisabeth de Fontenay — *Gaspard de la nuit*
6755. Elena Ferrante — *L'amour harcelant*
6756. Franz-Olivier Giesbert — *La dernière fois que j'ai rencontré Dieu*
6757. Paul Greveillac — *Maîtres et esclaves*
6758. Stefan Hertmans — *Le cœur converti*
6759. Anaïs LLobet — *Des hommes couleur de ciel*
6760. Juliana Léveillé-Trudel — *Nirliit*
6761. Mathieu Riboulet — *Le corps des anges*
6762. Simone de Beauvoir — *Pyrrhus et Cinéas*
6763. Dōgen — *La présence au monde*
6764. Virginia Woolf — *Un lieu à soi*
6765. Benoît Duteurtre — *En marche !*
6766. François Bégaudeau — *En guerre*
6767. Anne-Laure Bondoux — *L'aube sera grandiose*
6768. Didier Daeninckx — *Artana ! Artana !*
6769. Jachy Durand — *Les recettes de la vie*
6770. Laura Kasischke — *En un monde parfait*
6771. Maylis de Kerangal — *Un monde à portée de main*
6772. Nathalie Kuperman — *Je suis le genre de fille*

6773. Jean-Marie Laclavetine — *Une amie de la famille*
6774. Alice McDermott — *La neuvième heure*
6775. Ota Pavel — *Comment j'ai rencontré les poissons*
6776. Ryoko Sekiguchi — *Nagori. La nostalgie de la saison qui vient de nous quitter*
6777. Philippe Sollers — *Le Nouveau*
6778. Annie Ernaux — *Hôtel Casanova* et autres textes brefs
6779. Victor Hugo — *Les Fleurs*
6780. Collectif — *Notre-Dame des écrivains. Raconter et rêver la cathédrale du Moyen Âge à demain*
6781. Carole Fives — *Tenir jusqu'à l'aube*
6782. Esi Edugyan — *Washington Black*
6783. J.M.G. Le Clézio — *Alma*. À paraître
6784. Emmanuelle Bayamack-Tam — *Arcadie*
6785. Pierre Guyotat — *Idiotie*
6786. François Garde — *Marcher à Kerguelen.* À paraître
6787. Cédric Gras — *Saisons du voyage*. À paraître
6788. Paolo Rumiz — *La légende des montagnes qui naviguent*. À paraître
6789. Jean-Paul Kauffmann — *Venise à double tour*
6790. Kim Leine — *Les prophètes du fjord de l'Éternité*
6791. Jean-Christophe Rufin — *Les sept mariages d'Edgar et Ludmilla*
6792. Boualem Sansal — *Le train d'Erlingen ou La métamorphose de Dieu*
6793. Lou Andreas-Salomé — *Ce qui découle du fait que ce n'est pas la femme qui a tué le père* et autres textes psychanalytiques
6794. Sénèque — *De la vie heureuse* précédé de *De la brièveté de la vie*
6795. Famille Brontë — *Lettres choisies*

6796.	Stéphanie Bodet	*À la verticale de soi*
6797.	Guy de Maupassant	*Les Dimanches d'un bourgeois de Paris* et autres nouvelles
6798.	Chimamanda Ngozi Adichie	*Nous sommes tous des féministes* suivi du *Danger de l'histoire unique*
6799.	Antoine Bello	*Scherbius (et moi)*
6800.	David Foenkinos	*Deux sœurs*
6801.	Sophie Chauveau	*Picasso, le Minotaure. 1881-1973*
6802.	Abubakar Adam Ibrahim	*La saison des fleurs de flamme*
6803.	Pierre Jourde	*Le voyage du canapé-lit*
6804.	Karl Ove Knausgaard	*Comme il pleut sur la ville. Mon combat - Livre V*
6805.	Sarah Marty	*Soixante jours*
6806.	Guillaume Meurice	*Cosme*
6807.	Mona Ozouf	*L'autre George. À la rencontre de l'autre George Eliot*
6808.	Laurine Roux	*Une immense sensation de calme*
6809.	Roberto Saviano	*Piranhas*
6810.	Roberto Saviano	*Baiser féroce*
6811.	Patti Smith	*Dévotion*
6812.	Ray Bradbury	*La fusée* et autres nouvelles
6813.	Albert Cossery	*Les affamés ne rêvent que de pain*
6814.	Georges Rodenbach	*Bruges-la-Morte*
6815.	Margaret Mitchell	*Autant en emporte le vent I*
6816.	Margaret Mitchell	*Autant en emporte le vent II*
6817.	George Eliot	*Felix Holt, le radical.* À paraître
6818.	Goethe	*Les Années de voyage de Wilhelm Meister*
6819.	Meryem Alaoui	*La vérité sort de la bouche du cheval*
6820.	Unamuno	*Contes*

6821. Leïla Bouherrafa — *La dédicace*. À paraître
6822. Philippe Djian — *Les inéquitables*
6823. Carlos Fuentes — *La frontière de verre.* Roman en neuf récits
6824. Carlos Fuentes — *Les années avec Laura Díaz.* Nouvelle édition augmentée
6825. Paula Jacques — *Plutôt la fin du monde qu'une écorchure à mon doigt.* À paraître
6826. Pascal Quignard — *L'enfant d'Ingolstadt. Dernier royaume X*
6827. Raphaël Rupert — *Anatomie de l'amant de ma femme*
6828. Bernhard Schlink — *Olga*
6829. Marie Sizun — *Les sœurs aux yeux bleus*
6830. Graham Swift — *De l'Angleterre et des Anglais*
6831. Alexandre Dumas — *Le Comte de Monte-Cristo*
6832. Villon — *Œuvres complètes*
6833. Vénus Khoury-Ghata — *Marina Tsvétaïéva, mourir à Elabouga*
6834. Élisa Shua Dusapin — *Les billes du Pachinko*
6835. Yannick Haenel — *La solitude Caravage*
6836. Alexis Jenni — *Féroces infirmes*
6837. Isabelle Mayault — *Une longue nuit mexicaine*
6838. Scholastique Mukasonga — *Un si beau diplôme !*
6839. Jean d'Ormesson — *Et moi, je vis toujours*
6840. Orhan Pamuk — *La femme aux cheveux roux*
6841. Joseph Ponthus — *À la ligne. Feuillets d'usine*
6842. Ron Rash — *Un silence brutal*
6843. Ron Rash — *Serena*
6844. Bénédicte Belpois — *Suiza*
6845. Erri De Luca — *Le tour de l'oie*
6846. Arthur H — *Fugues*
6847. Francesca Melandri — *Tous, sauf moi*
6848. Eshkol Nevo — *Trois étages*
6849. Daniel Pennac — *Mon frère*
6850. Maria Pourchet — *Les impatients*

Composition Igs

Impression Novoprint

à Barcelone, le 22 février 2021

Dépôt legal : février 2021

ISBN 978- 2-07-292176-6./Imprimé en Espagne.

373504